婚約者を寝取られた公爵令嬢は
今更謝っても遅い、と背を向ける

登場人物紹介
アルヴィス
王立魔術師団の副団長。
国内トップレベルの
魔法の実力者。
エレフィナ
ハフディアーノ公爵家の令嬢で、
第二王子の婚約者。
表向きは完璧な令嬢だが、
実は少女趣味。

エドゥアルド
エレフィナの父。国の防衛の要を担う公爵。
エヴァン
エレフィナの兄。アルヴィスの悪友でもある。
カーネイル
ラビナと関わりのある謎多き男。
コンラット
エレフィナの婚約者。ラビナと浮気し、エレフィナと婚約破棄する。
ラビナ
コンラットの浮気相手の男爵令嬢。複数人と体の関係を持っている。

第一章

公爵令嬢エレフィナ・ハフディアーノは、自分の婚約者——この国の第二王子コンラット・フォン・イビルシスと、伯爵令嬢ラビナ・ビビットが熱く口付けている場面を見てしまった。

エレフィナは婚約者のコンラットに手紙で学園の使われていない教室へ呼びだされた。

用事でもあるのだろうか？　と思い、赴いた先の教室で、二人の男女が重なり合い抱擁しながら教室に備え付けられているソファに沈み込む姿に唖然とした。

コンラットに押し倒されながら口付けを受けるラビナが、ふと瞼を上げ空き教室の入口にいるエレフィナに視線を向ける。

驚愕に大きく目を見開くエレフィナの瞳をしっかり見つめ返し、ラビナは嘲笑を浮かべ、自ら積極的に口付けを返し始めた。

そんなラビナに興奮しているのだろう、コンラットは益々ラビナに口付けを繰り返す。

——やられた！

エレフィナは苦しそうに顔を歪め、見ていられないとばかりに踵を返して教室から離れた。

エレフィナは苛立ちを表すかのようにカツカツ足音を立てながら、ふ、と思いを馳せる。

今、この学園内で自分は孤立しているのだ。

婚約者であるコンラットとは昔から反りが合わない。そのためか、コンラットは仮にも公爵令嬢であるエレフィナをぞんざいに扱う節があった。

いくら平等を謳う王立学園といっても、貴族の令息、令嬢たちはある程度節度を持って過ごしていた。

それが、ガラリと変わったのはあの女性——ラビナがコンラットに纏わりつくようになってからだ。

ラビナは伯爵令嬢であり、エレフィナの公爵家に比べ、地位も爵位も何もかもが劣っていた。

それでも、平等を謳う学園のルールに乗っ取り、エレフィナは爵位を振り翳すような態度も、偉ぶることもしなかった。

それを勘違いしたのだろう。温情をかけられている、ということが分からずにラビナはエレフィナに対して無礼な振る舞いを繰り返すようになり、そしてあること無いことエレフィナの悪い噂を流してコンラットに取り入ったのだ。

初めはラビナの品のない行為に眉をひそめていた生徒たちも、ラビナの巧みな話術に嵌りエレフィナの噂を信じる者が一人二人と増えていった。今ではほとんどの生徒が第二王子に見放されたエレフィナを悪、第二王子に寵愛されるラビナを善、と見なしている。

その事実にエレフィナは軽く目眩を覚え、よろよろと廊下を壁伝いに歩き、項垂れる。

（あのお馬鹿さんな第二王子のことですわ……体を繋げたラビナさんを婚約者とする、と騒ぎそうで……お父様に何と説明しようかしら）

ラビナの目的は明確だ。

この国の第二王子コンラットと既成事実を作り、婚約者であるエレフィナを追い出して自分がその後釜に収まりたいのだろう。

わかっていたのに、防げなかった。

（だって、学園の誰に見られるかも分からない、あんな場所で事に及ぶとは思わないじゃない……！）

コンラットに言われた言葉がエレフィナの脳裏を過ぎる。

――お前は頭も硬いし体も固い。

色事に興味がある、健全な若い男としては正常なのかもしれない。

昔から成長するにつれ、女性らしい体に育ってゆくエレフィナの体を色の籠《こも》った目で舐めまわすように見ていたコンラットだ。自分の欲望に抗えなくなって、悶々としていた所にラビナが擦り寄って来たのだろう。

あっさり同年代の少女の体と欲に屈服したコンラットに憤りを感じる。

（貞操観念がゆるゆるの女性より全然いいじゃないの！）

エレフィナは憤慨するが、その貞操観念ゆるゆるなラビナに婚約者を奪われた自分が惨めに思えてくる。

確かに、コンラットとは良好な関係が築けていたとは言えない。

けれど、自分たちの婚約には政治的な役割がある。

愛や情など必要ないのだ。この婚約は政略的な意味合いの方が大きいのだから。

（政略結婚の意味をわかっていらっしゃるのかしら？）

頭の緩い二人について、今更つらつら考えても後の祭りだ。

破棄されるだろう婚約を思い、エレフィナは溜息をついた。そして胸中で「明日は学園に行きたくないですわ」と呟き現実逃避をした。

◇◆◇

空き教室の扉の前から姿を消した女――エレフィナの姿を思い出し、ラビナは愉悦に浸る。歪んだ笑みを隠すことができなかった。

自分に覆いかぶさり、愛の言葉を囁き続ける男はラビナの表情に気付きもしない。

（ああ、やっと目障りなあの女を排除できる！　公爵令嬢だからって、私より可愛くも美しくもないくせに、偉そうにしていて昔から気に食わなかった！）

ラビナは醜悪に歪む自分の顔をコンラットに見られないよう気を付けながら胸中で毒づく。

（どうして家柄しか取り柄のない女がこの国の王子様の婚約者になれて、私は年の離れた、不細工で何の取り柄もない冴えない男と婚約しなくちゃいけないのよ）

ラビナは、学園を卒業したらその冴えない男と結婚することが決まっている。

だからラビナは、卒業前に見目麗しい第二王子を手に入れてやろう、と決めていたのだ。

幼い頃に参加した王家主催のガーデンパーティーで、ラビナは目の前の男コンラットと婚約者のエレフィナを見た。

そのガーデンパーティーは、コンラットとエレフィナの婚約発表の場でもあった。

だがラビナはそこでコンラットへ一目で恋に落ちた。落ちてしまったのだ。

なぜ、爵位だけの可愛くもないつんと澄ました女が婚約者になるのか。自分のような可愛い女の子と結婚した方が王子様も絶対に嬉しいはずなのに。

ラビナは幼いながらも、生家の爵位の差に打ちのめされ、生まれついた家柄が自分より良い、というだけで全てを得ているエレフィナを憎悪した。

だから、この学園での三年間、全てをかけて準備していた。

ここは平等を重視した学園だ。

この学園の中でだけは公爵令嬢への無礼な振る舞いも、本来であれば近くに寄ることも出来ない王子への接近も許された。

一年目は目立たないことからこつこつ噂を流し、多くの友人を作り、信頼関係の構築に費やした。

二年目からはエレフィナ自身を貶めるような噂を流し、そしてコンラットに軽い接触を図る。

三年目にはエレフィナを排除し、自身の立場を確立するため、コンラットに取り入り、エレフィナを疎外するよう働きかけた。

この三年間の行動が、これほど上手く実を結ぶとは思わなかった。

この結果は、ラビナの見目とエレフィナの見目の印象が真逆なことと、普段からコンラットがエレフィナをぞんざいに扱っていたことが大きく味方したのだろう。

庇護欲を誘う見た目のラビナと、冷たく鋭い印象のエレフィナ。

ラビナがエレフィナに嫌がらせをされた、と涙を流しながら訴えれば、男たちは簡単に信じてくれた。

最初は冷ややかな視線を送っていた女生徒たちも、エレフィナのよくない噂に踊らされ、表立って味方はしないまでもラビナを応援するようになった。

——全てうまくいっている。

——これでこの男は、もう自分のモノだ。

ラビナは眼前の整った顔にうっとり目を細め、コンラットの背に腕を回した。

「コンラットさまぁ、大好きです。本当に大好きなんです」

ぎゅう、とコンラットに抱きつき、いじらしい女性を演じる。

するとコンラットはでれっとだらしなく相好を崩し、ラビナを抱きしめ返した。

「ああ、ラビナ……ラビナ。なんて可愛いんだ……」

コンラットは、自分に甘えるように擦り寄るラビナに何度も口付け、その甘い唇を味わった。

二人が縺れ込んだソファには、ラビナが初めてだということを証明するように赤い染みが散らばっている。

その情景をコンラットは視界に捉える。これで、ラビナを自分の婚約者とすることを誰も止めることはできまい、とほくそ笑んだのだった。

◇◆◇

「ただいま帰りましたわ」

エレフィナは、学園での授業が終わると帰宅した。

公爵家の使用人たちがパタパタと出てくる。

「お嬢様、お帰りなさいませ」

頭を下げる使用人たちの向こう、玄関ホールの大階段から長身の青年がゆったり階段を降りてきた。

「フィー、お帰り」

青年は微笑み、エレフィナの愛称を低く、優しい声音で呼んだ。

こそばゆいような、擽ったいような、そんな感情を抱きつつ、エレフィナは自分と同じアッシュグレーの髪色と、澄んだ空のようなスカイブルーの瞳を見て自然と微笑んだ。

「エヴァンお兄様！　ただいま帰りましたわ！」

嬉しそうに顔を綻ばせ、両腕を広げて待っているエヴァンにエレフィナは勢いよく抱き付いた。

エヴァンはしっかりエレフィナを抱き止め、嬉しそうに笑う。

「お兄様、お父様はご在宅ですか？　相談したいことがあるのですが……」

「父上かい？　在宅中だよ、一緒に行こうか」

エヴァンは妹のエレフィナを大層可愛がっているのだが、彼が妹を溺愛するには、辛く悲しい理由がある。

幼い頃、母親のローズマリーを亡くして毎日毎日泣き暮らす幼いエレフィナを守ってあげないと、妹も母の元へ行ってしまいそうだとエヴァンは思った。

大好きな母親だけでなく、可愛い妹まで自分の前からいなくなってしまったら、と考えると恐ろしく、耐えらない。

だから、エヴァンは妹と常に一緒にいるようになった。

エレフィナが悲しめば一緒に涙を流し、エレフィナが笑えば自然と笑顔が浮かぶ。

自分を元気付けてくれるのは、可愛い妹だけ。

その可愛い妹の婚約者、この国の第二王子に、エヴァンは何度はらわたが煮えくり返る思いをしたか、最早覚えていない。

――妹を悲しませることは許さない。妹を蔑《ないがし》ろにすることも許さない。妹の表情を曇らせる存在も許さない。

兄、エヴァンはエレフィナが学園でどんな仕打ちを受け、辛い思いをしているか知っている。だから、エレフィナが学園を卒業するその時を首を長くして待っているのだ。

二人で父親が仕事をしている書斎に向かいながら、エヴァンは常にない慌てた様子だったエレフィナに顔を向けた。

「父上に相談事かい？　俺も付いて行って聞いても構わない？」

「ええ、大丈夫ですわ。公爵家の今後に関して相談したいので、お兄様も一緒に聞いてくださいませ」

エレフィナの言葉に、エヴァンは眉をひそめた。

「学園で何か困ったことでもあったのか？　あのどうしようもない婚約者のこと？　それとも頭も股も緩い阿婆擦《あばず》れ女のことかな？」

「――っ！　お兄様、なぜそれを……！」

見目麗しい紳士然とした兄の口から、そんな汚い言葉が出てくるとは思わなかったエレフィナは驚きにぎょっと目を見開いた。

「大事な妹に何かあってからでは遅いだろう？」

だから学園に、公爵家の「犬」を、ちょっとね……？

と言って、イタズラが成功した時のようにエヴァンがウインクをした。

「犬」――公爵家直属の情報収集部の者を自分の影として遣わしていた、と事も無げに告げる兄に、エレフィナはあんぐりと開いた口が塞がらない。

「驚いた顔も可愛いなんて、俺の妹は天使みたいだなぁ」

エヴァンはほけほけと笑う。エレフィナは自分へ呆れるほどの愛情を注いでくれる兄に驚くと同時に嬉しく思った。

孤立無援の学園での辛い日々も、こうして家に帰れば愛情を注いでくれる家族がいるから耐えられる。

残り少ない学園生活も何とか乗り切ろう、とエレフィナは気合いを入れた。

エヴァンはそんなエレフィナの様子を優しく見つめた後、ふと真顔になる。

自分がエレフィナと同い年の双子だったら、一緒に学園に通い、エレフィナに降りかかる災いを全て取り除いてやれたのに。

自分が学園の教師だったら、毎日エレフィナの側にいて守ってあげられたのに。

そんなことをつらつら考えていたエヴァンは、ああそうだった、と一つ思い出した。

（まあ、でも来週からアルヴィスが講師として学園に行くから……フィーのことはあいつに見ていてもらおう……）

よく似た面持ちの兄妹はそれぞれ違うことを考えながら、父親の書斎へ足を進めるのであった。


書斎に辿り着いたエレフィナとエヴァンは、扉をノックした。

「お父様、今よろしくて？」

エレフィナが書斎の扉越しに話しかけると、扉の向こうからガタガタと物音が聞こえてきた。

物音が落ち着いたすぐ後、扉が勢いよく開け放たれた。

「フィー！　どうしたんだい？　父様に用事かな？」

「お父様！」

開け放たれた扉から勢いよく出てきたその男性は、とても二人の子供がいるとは思えない程若々しい。その端整な顔立ちはしっかり子供二人に受け継がれている。

エレフィナとエヴァンと同じアッシュグレーの髪の毛は、短く切りそろえられている。二人のスカイブルーとは違うローズピンクの目にはエレフィナしか入っていないようだ。

「父上、俺もいるんですけど？」

エレフィナの横に立っているエヴァンが冷たい声を出す。

敢えてエヴァンの姿を無視していたような、いつもの父親の態度にエヴァンは嘆息し、入りますよ、と告げてすたすた室内に入り込んだ。

「あっ！　こらエヴァン！　エレフィナより先に入るんじゃない！」

「……お父様、早く中に入りましょう？」

エレフィナが苦笑いしつつ声をかける。途端、ぱっと笑顔になった父親はエレフィナの手を引いて書斎に迎え入れた。

「……さて、エレフィナ。それで私に話とは何かな？」

書斎のソファに三人は各々腰を下ろした。自分の向かい側に座るエレフィナに、二人の父であるエドゥアルドはそう告げる。

エドゥアルドは優しく目を細め、エレフィナの言葉を待つ。背筋をしゃんと伸ばしたエレフィナは、ふうっと息を吐くと、真っ直ぐエドゥアルドを見つめたまま口を開いた。

「お父様、恐らく近々……コンラット様から婚約破棄をされると思います」

凛と言い放つ娘の言葉に、エドゥアルドは理解できないというようにきょとん、と瞳を丸めた。

「……？　なぜ、私の可愛いエレフィナがあの男に婚約破棄されるんだ？　年々、ローズマリーに似て清く美しく成長しているエレフィナと婚約していること自体が幸運なのに、婚約破棄？　これ以上美しくなりようがないほど美しいのに、まだその美貌を、輝きを成長させているエレフィナを振るのか？　あの青二才が？」

エドゥアルドは青筋を立て、王族だからといって何でもできると思うなよ、と低く呻いた。エレフィナは落ち着くよう宥めるが、エヴァンは父親に同意するように頷く。

「父上の仰る通りだよ、フィー。フィーほど美しく清らかな女性は他にいない。それなのに、なぜ婚約破棄されるんだ？」

「お兄様、それが……」

エレフィナはもごもごと口ごもる。

あの場面を見てしまったのだ。決定的なあの場面を。それを説明しなくてはならないが、直接的な言葉を告げるのは羞恥が勝る。

エレフィナは恥ずかしそうに頬を染め、視線を逸らしながら小声で伝えた。

「その、えっと……見てしまったのですわ。コンラット様と、ラビナさんが口付けをしている場面を……その後、恐らく……」

最後はかあっと顔を真っ赤にし、蚊の鳴くような声になったエレフィナの言わんとしていることを察した二人は、ぎちっと音が鳴るほど拳を握りしめた。

「いいだろう……我が公爵家への侮辱……受けて立つ」

「今だけの幸福に酔い痴れていればいい」

父親と兄が、聞いたこともないほど低い声音で呟くのを聞いて、エレフィナは「こうなると思ったわ……」と眉間に皺を寄せ、溜息を零した。


コンラットとラビナの逢瀬を目撃した翌日。

エレフィナは学園に向かうため、公爵家の馬車に乗り込んだ。

エレフィナを可愛がってくれるたった二人の家族に想いを馳せる。こうなることがわかっていた。

父エドゥアルドは怒り狂い、王家に抗議してやる！　と息巻いていたし、兄のエヴァンは、エレフィナを裏切ったコンラットだけでなく、奪ったラビナにも「思い知らせてやる」といい笑顔を浮かべて呟いていた。

一体何を思い知らせるつもりなのか。エレフィナは深く考えることをやめた。

この婚約は、王家からの打診で成立したものだ。

当時から可愛く頭がいいと評判だったエレフィナは、数多くの良家から縁談を申し込まれていた。

そこを、どうしてもと王家が強く望んだのと、国のためになるのであれば、とエレフィナが頷いたから父エドゥアルドは泣く泣く頷いたのだ。

エドゥアルドは常々「エレフィナはお嫁に行かなくていい。公爵家でみんなと暮らそう」と言っていた。

この言葉も恐らく、コンラットの態度があまりにも目に余るため、エレフィナを励ましてくれていたのだろう。

エレフィナをぞんざいに扱い、婚約者《エレフィナ》がいるにもかかわらず他の令嬢と体の関係を持ったコンラットの罪は重い。

学園内にエレフィナの味方は皆無といえど、学園を卒業したら。

狭い箱庭の中での数年間など、これからの長い人生に比べればちっぽけな時間だ。

そして、学園内では咎められなかった愚かな行為も、外に出たらどうなるのか。

きっと、コンラットはありもしないエレフィナの罪をでっち上げ、婚約破棄しようとしているのだろう。

それが、学園の外に知られたら。

王族の傲慢な行いを、国民はどう思うだろうか。

国に尽くしている貴族はどう思うだろうか。

エレフィナのハフディアーノ公爵家は、この国の筆頭貴族である。

そのことを忘れ、色事に耽《ふけ》るコンラットも、お馬鹿さんなあのラビナも、なぜ咎められないと思っているのだろうか。

「……ああ、もう」

エレフィナは、頭が痛い、とばかりにかぶりを振り、馬車の揺れに身を任せた。

学園に到着したエレフィナはいつものように教室に向かい、自分の席に座る。

最近見慣れた風景となってしまったが、同じクラスのコンラットとラビナが朝からべたべたと体をくっつけ、まるでキスでもするのではないか、という距離で顔を寄せ合っている。

エレフィナはどこか冷めた表情で二人をちらり、と一瞥した後、そのまま教室の前方に視線を戻した。

他の生徒たちが、エレフィナについてヒソヒソ話している。

中にはあからさまにエレフィナを馬鹿にする言葉も聞こえる。

教室に入った時、ラビナの勝ち誇ったような笑みが向けられ、エレフィナは朝から疲れてしまった。

(……婚約破棄の件は、午前の授業が終わった後、昼食の時間かしらね)

まさか、学園に到着して早々言い出しはしないだろう、とエレフィナが踏んでいた通り、コンラットからちらちら視線を向けられることはあっても、午前の授業が終わるまで話しかけられはしなかった。

だが、午前中の授業が終了し、昼休みになった途端。

コンラットが勢いよく自分の席から立ち上がり、つかつかと足音荒くエレフィナに近付いてきた。

その後にはラビナが嬉しそうに続く。

「エレフィナ・ハフディアーノ！」

突然教室に響き渡るコンラットの大声に、生徒たちの視線が集中した。

廊下で友人と談笑していた生徒たちも、何事だ、とエレフィナたちを見やる。

「……コンラット様、何でしょうか？」

久しぶりに婚約者に話しかけられたような気がする。

いったいいつぶりだろうか、とエレフィナは思い出そうとしたが、どうでもいいことだわ、と思考を中断した。

表情一つ変えず、しれっと返事をするエレフィナの態度が気に入らないらしく、コンラットは面白くなさそうに顔をしかめ、言葉を続けた。

「──お前は！　なんの罪もないラビナ・ビビットを長期間にわたり虐げ、さらには彼女を危険な目に遭わせようとした！　私は、そのような恐ろしい女を未来の王子妃とは認めない！　お前との婚約は破棄させてもらう！　そして、私は心優しく、心根まで美しいラビナを未来の王子妃とする！」

長々と続くコンラットの言葉に、エレフィナはどんどん気持ちが白けていくのを感じた。

半眼になりつつ言葉を返す。

「……お言葉ですが、コンラット様」

「何だ！　お前に発言は許可していないぞ！　この魔女め！」

「コンラットさまぁ、そんなに怒鳴ってはエレフィナさんが可哀想です。ほら、怒られたことがない公爵令嬢様だから、怖がって震えていますわ」

コンラットの隣で、撓垂れかかるようにラビナが体を押し付け、告げる。

エレフィナは、自分を小馬鹿にしたようなラビナの物言いにカチンと来たが、ここで何を言っても無駄だ。エレフィナはラビナの存在を無視することにした。

「……コンラット様、よろしいのですか？　ここで、このように宣言なさっても」

「はっ、何だ？　お前は周りを気にしているのか？　惨めな自分を見られたくない、とでも言うのか？」

嘲笑を浮かべ、ラビナを抱き寄せるコンラットにエレフィナは胸中で嘆息した。

（私の希望ではなくて、大勢の目がある場所で不用意な発言をしてもいいのか？　という意味だったのだけれど……）

王族ともあろう人間が、不用意に〝宣言〟しようとしているのは如何なものか。

エレフィナはそう考えるのだが、コンラットには当然ながら伝わらない。

それどころか、コンラットはエレフィナが大勢の人の前で断罪されることを恐れている、と勘違いをしているらしく、にまにまと嫌な笑みを浮かべている。

「周りの目を気にしているお前には、きちんとこの場で告げた方がよさそうだ！　私、コンラット・フォン・イビルシスは、ここにいるエレフィナ・ハフディアーノとの婚約を破棄し、ラビナ・ビビット嬢と婚約する！　皆の者、証人となってくれ！」

コンラットは声高に宣言し、周囲に見せつけるようにラビナを引き寄せ、口付けを贈った。

(あらあら……衆目の面前で……はしたないですわね。コンラット様も、ラビナさんも)

エレフィナがそのようなことを考えているなど露知らず、周りからは歓声が上がった。

生徒たちは皆、ラビナに唆されエレフィナの噂を鵜呑みにしている。

傍から見れば、嫉妬に狂ったエレフィナがラビナを害そうとし、それが見つかって婚約者に断罪されている……そんな場面に見えるのだろう。

(もう、いいかしら……お腹ペコペコですわ)

エレフィナは自分の机に載っているバスケットをチラリと横目で見やる。

料理長から直接渡されたお昼ご飯だ。今日のサンドイッチは力作ですよ！　と得意そうに笑っていたのだ。

(早く食べたいのに)

自分たちの世界に酔っている目の前の二人と、歓声を上げ続ける周囲の生徒たち。

こっそり出ていこうかしら、とエレフィナが思った矢先、教室の扉の方から低く通る声が響いた。

「何だ、頭のネジが外れたようなこの騒ぎは」

こんな悪態、学園ではそうそう聞くことはない。エレフィナは訝しげに声が聞こえた方向に視線を向ける。

視線の先――教室の入口には、気だるげに扉に体を預けた、端整な顔立ちの男性がいた。不遜な態度ではあるが、造形の整った彼の姿はどこか絵になる。

男性はきらきら煌めく金色の目を細め、緩慢な動作で教室内を見回した。その後、不愉快そうに顔をしかめ、長身を活かした大きな歩幅でずかずかと教室に入ってくる。

歩く度、男のダークネイビーの髪の毛がさらりと揺れる。彼の髪の毛は先に向かうにつれグラデーションをかけて色濃くなり、毛先は完全に真っ黒だ。

男の無表情は、どこか作り物めいた冷たさを放っている。美しいながらも、男性としての凛々しさも感じる精巧な容姿の男は、苛立ちを表すように踵を鳴らしながら騒ぎの渦中にいるエレフィナ、コンラット、ラビナの方に向かってきた。

かと思えば、いきなり「で？」と不躾に訊ねた。

「なぜこんな大勢の前で騒ぎを？　それなりの理由があるんだろう？」

先程まで大声で喚いていたコンラットに視線を向け、乱入してきた男はさらに問いかけを続けた。

コンラットよりも遥かに背の高い男は、じっとコンラットを見つめる。

頭上から冷たい目で見下ろされたコンラットはたじろぎ、先程の勢いが嘘のようになんとか言葉を返した。

「そ、それは……そう、そうだ。この女が！　私の愛するラビナに危害を加えたため、婚約破棄を告げていたのだ！　悪事に手を染め、ラビナの命までも狙ったと！　だから、私はこのような者と結婚などできない！　私は愛するラビナを新たな婚約者とし、将来の王子妃とすると、この場で宣言したのだ！」

初めはしどろもどろに言葉を紡いでいたコンラットだったが、次第に饒舌になり、最後には語気荒く半ば叫ぶようにして告げた。

周りの者たちには証人となってもらったまでだ、とコンラットは憮然とした態度で続けた。胸を張るようなコンラットの仕草に、男は不機嫌さを隠すことなくぽつり、と零す。

「そうか……。それで、こんな大勢の前で女性を糾弾していたのか。同じ男として恥ずかしい。か弱い女性を大勢の前で恫喝するなど、到底男がすることではない」

男の呟きは、コンラットの言葉を整理するような微かなものだったのだが、近くにいたコンラットの耳にはしっかり届いていた。コンラットは怒りにかっと目を見開いた。

「……なっ、貴様！　この私に対して無礼だぞ！」

第二王子であるコンラットは、家族以外に意見されることなどなかったのだ。

怒りと、大勢の前で面子を潰された羞恥で、コンラットは顔を真っ赤に染め上げ、今にも男に掴み掛りそうな勢いだ。

だが男は慌てた様子もなく、なおも冷たく続ける。

「無礼、ね……。それを言うなら、先程から貴方も目上の者に対する口の利き方がなっていないと思うが。学園内は平等といえども、それが適用されるのは生徒間の話。高貴な身分だろうが傲慢な態度は控え、目上の者には敬意を払う……そう教えていた、と記憶していたが……。違うでしょうか、コンラット殿下？　この国の王子であろうと、学園の方針には従っていただきたい」

ふっと鼻で笑い、馬鹿にするような態度の男にコンラットはさらに食ってかかった。

「貴様こそ何者だ！　この学園は部外者立ち入り禁止だぞ！　衛兵につまみ出されたいか！」

コンラットの問いに、男は「ああ、そうだった」と思い出したかのように呟き、自分の胸に手を当て、軽く腰を折って挨拶の礼をとる。

「申し遅れた。俺はアルヴィス・ラフラート。王立魔術師団の副団長を務めている。この学園の卒業生で、来週から魔法の講義をするために派遣されてきた。よろしく、コンラット殿下？」

その男――アルヴィスはそう言い放つと、ぐうの音も出ないコンラットを一瞥してからつい、とエレフィナに視線を寄越した。

「エレフィナ・ハフディアーノ嬢とお見受けする。災難だったな？　早くこの場を離れるといい」

「あり、がとうございます」

アルヴィスに微笑まれながら言われ、エレフィナはどきり、と鼓動が跳ねるのを感じた。

自分が恫喝され、困っている時に颯爽と現れ助けてくれた。その頼もしい姿に、エレフィナは初めて異性にときめいてしまった。

エレフィナは混乱しながらも、アルヴィスに礼を述べ、一礼してから教室を出ようと扉の方を向いた。

その時、それまで黙ってアルヴィスとコンラットのやり取りを見ていたラビナが面白くなさそうに頬を膨らませ、素早く動いた。

「アルヴィスさまぁっ！　どうしてそんな女性を庇うのですか？」

「――っ？」

エレフィナに視線を向けていたアルヴィスは、ラビナが叫んだ次の瞬間、どんっと自分の体に走った衝撃に僅かにつんのめる。

アルヴィスが自分の胸元を見下ろすと、そこにはラビナの白くほっそりとした手の甲が見え、あろうことか自分の胴体にぐるり、と腕が巻き付いていた。

アルヴィスがラビナを剥がそうとするより早く、ラビナは自分の体をぐいぐい押し付け、庇護欲を誘う顔をぱっとアルヴィスに向けて瞳を潤ませた。

「その方は、とても怖くて酷い女性なのです！　影で私の悪評を流し、コンラットさまの婚約者である身分と、公爵家の権力を振りかざして暴力を振るい、人の命まで狙うような女性なのです！　騙されないでくださいませ！」

それが、学園に流れているエレフィナについての噂だ。

どれも身に覚えのないことなのだが、いつの間にか悪評が流れ始め、否定すればするほど学園内に広まり、まるで真実のようになっていた。

証拠もない稚拙な噂だ。一時噂が流れても直ぐに収束するだろう、とエレフィナはタカをくくっていた。

けれど気付けばどうしようもないほど噂が大きくなり、皆がエレフィナを悪、と決めつけた。

ラビナの言葉を聞いていた周りの生徒たちからもそうだそうだ、ラビナの言う通りだ！　という声が上がる。

エレフィナは、折角助けてくれたアルヴィスもまた噂に踊らされるのか、と眉を下げ唇をきゅっと引き結んだ。

その様子を見ていたアルヴィスは、自分に纏わりついていたラビナを嫌そうに引き剥がす。

「――俺は自分の目で見たものしか信じない。君が言う言葉に、信憑性はあるのか？　証拠は？　どうして公的機関に被害を訴えない？」

「そ、それはっ」

何も言い訳を思いつかないのだろうか。ラビナはうろ、と瞳を揺らし、押し黙る。

アルヴィスは腰を曲げ、おろおろするラビナの耳元で囁いた。

「それに……、今のような稚拙な色仕掛けにひっかかるのは年中盛ってる幼稚な子供だけだ。大人には通用しないことを覚えておけ」

汚い物を見るような瞳でラビナを見下ろし、アルヴィスはぽつんと立ち竦んでいるエレフィナの手を取った。

「――え？　えっ？　あの！」

「もうここに用はないだろう？　出てしまおう」

狼狽《うろた》えるエレフィナにアルヴィスは優しく声をかけると、扉に向かって歩き出す。

エレフィナはアルヴィスの横顔と、掴まれた自分の手に視線を交互に移した。

掴まれた手の力強さにどぎまぎしていると、背後から再びラビナの声が上がる。

「アルヴィスさまぁっ！　その女の毒牙にかからないでっ」

アルヴィスはうんざりとしたように、エレフィナの手を握っていない方の腕をおもむろに持ち上げた。

「昼食時だろう？　大人しく食べていろ」

そう言い放つやいなや、アルヴィスは指先をそのままつぅーと動かした。

指の動きにつられるように、ラビナとコンラットの体が不自然に動き出し、二人まとめてぐしゃり、と教室の端にある椅子に崩れるように座らされた。

「え？　えっ？　きゃあっ？」

エレフィナは驚きに目を見開き、横目でアルヴィスをちらりと見やる。

当の本人アルヴィスは、エレフィナの手を引いたまま楽しそうに口端を持ち上げていた。そして耐えきれなかったのだろうか、ついにははっと声を出して笑った。

第二章

アルヴィス・ラフラート。

この名前はこの国の貴族であれば、誰でも聞いたことがあるほど有名だ。

彼はこの学園の卒業生であると同時に、過去に類を見ないほど優秀な成績を修めたという逸話を持つ。

学園を卒業した後は王立魔術師団に入団し、僅か二年で副団長に登り詰めた大変優秀な男である。

実家も、古くから続く由緒ある侯爵家。次男ではあるが、頭脳明晰、容姿端麗なことから年頃の令嬢たちからは結婚相手として最有望株と噂されている。


そんな凄い人物が、自分の通う学園に講師として魔法を教えに来てくれる。

その事実に、エレフィナは興奮で気持ちが昂るのを感じた。

さらに、先程アルヴィスはエレフィナを庇って、あの場所から助け出してくれたのだ。

(――ま、まるで白馬に乗った王子様みたいだわ！)

エレフィナは、つんと澄ました冷たい美貌ゆえ誤解されがちだが、可愛い物が大好きだし、とても乙女思考である。

いつか、あのどうしようもない婚約者から助け出してくれる王子様が現れてくれると夢見ているし、自室のベッドには可愛らしいテディベアがいくつも置かれている。

この学園で自分の立場が悪化するにつれ、エレフィナはいつかきっと素敵な男性が助けに来てくれる、と現実逃避していた。否、そうでもしないとやっていけなかった、というのが本音だ。

常々、兄のエヴァンが「お兄様がエレフィナの王子様だよ」と言ってくるが身内はお断りだ。エレフィナはいつも適当に聞き流している。


自分の手を引っ張り、喧騒から離れていくアルヴィスに、エレフィナはドキドキと鼓動を高鳴らせ、大人しく付いていった。

「――この辺りでいいか」

アルヴィスがぽつり、と言葉を零す。

連れてこられた場所は学園の庭園だ。

広大な庭園の敷地内にはいくつもガゼボがあり、学園に雇われている庭師が丹精込めて世話をしているため、四季折々の花が咲き誇っていて、とても美しい。

アーチ状に広がる花々の下をくぐり抜け、ガゼボに到着すると、アルヴィスはエレフィナの手を離した。ウォールナットでできた、装飾が美しいベンチに座るよう促す。

「突然連れ出して悪かった、ハフディアーノ嬢。流石にあの場に、貴女を放置していられなかった。先程の件は、学園の責任者に報告しておく」

「い、いえ。庇っていただき、大変助かりましたわ。私があの場であれ以上何を言っても何も変わらなかったので」

つん、とそっぽを向きながらエレフィナはそう返してしまう。

もっと可愛らしくお礼を言えたらよかったのに、と後悔してしまう。しかし、昔から強がる癖が付いてしまっているエレフィナには、性格を突然変えることも、いまさら女性らしく、可愛らしく振る舞うこともできない。

心を強く持たないと、貴族社会では生きていけない。公爵家に生まれたエレフィナは、強くあらねば、弱い姿を他人に見せれば、たちまち陥れられてしまう。

そう教えられて育ったエレフィナは、気高く、強く、美しく生きたい、と思っている。

エレフィナのつんとそっぽを向いた表情をしばし眺めていたアルヴィスは、突然吹き出して笑い声を上げた。

「え、えっ？」

「ははっ、悪い……聞いていた通りだな、と思って」

ひとしきり笑い終えたアルヴィスは、後ろに手をつき、空を見上げながら口の端を釣り上げた。

「本当は可愛い物とか、女の子が夢見るような甘い展開が大好きなんだろう？　隠すのは大変だな」

「……っな？」

なぜそれを、とエレフィナは自分の頬が朱に染まるのを自覚した。

外では絶対に悟られないよう、慎重に行動していたのに。

実際、エレフィナが乙女思考全開なことを家族以外は誰も知らない。いや、知らないはずだった。

それなのにどうして初対面のアルヴィスが知っているのか。

エレフィナは真っ赤に染まった顔で、苦し紛れにアルヴィスを睨みつける。

「俺は君のお兄様と友人でね。君の話をよく聞いていたんだ。本当にこんな可愛い性格しているとはなぁ」

「……エヴァンお兄様と友人なのに、それを黙っていたなんて随分意地悪ですわね」

「だから悪いって。エヴァンからも君のことを頼まれているし……そうだな、お詫びとして俺がエレフィナ嬢の盾になってやるよ」

からかうようにそう言うアルヴィスに、エレフィナはじとっとした目を向ける。

（私がときめいているのをわかっていてからかったのね。趣味の悪い方！）

先程まで高鳴っていたエレフィナの胸の鼓動が嘘のように鎮まる。

すん、と冷めた目でアルヴィスを一瞥した後、エレフィナはベンチから立ち上がる。そしてアルヴィスを置き、教室へ戻るべくずんずん足を進める。

「昼食はいいのか？」

「結構ですわ！　教室に戻ります！」

背後からアルヴィスの楽しげな声が聞こえるが、エレフィナは頬を膨らませながら肩を揺らして立ち去った。そんなエレフィナの背中を見て、アルヴィスは噴き出してしまった。

「あんなに可愛い性格してんのに。……本当に第二王子は愚かだな」

アルヴィスは空を仰ぎ、この学園での仕事を受けてよかった、と話を持ってきた学園長に感謝した。

「エヴァンに睨まれないようにしないとな……」

楽しそうに笑い声を上げると、アルヴィスは自らもベンチから腰を上げた。

◇◆◇

エレフィナは残り少ないお昼休みの間にサンドイッチを食べようと、急ぎ足で自分の教室に戻っていた。

(せっかく美味しそうな昼食でしたのに、お馬鹿さん二人と、アルヴィス様のせいで食べ損ねてしまいますわ！)

内心はぷりぷりしていても、エレフィナの表情は通常と変わらずつんとしたままだ。

いつもは一人でいると、周囲にいる学園生たちの囁き声や視線を気にしてしまうが、今日はまったく気にならない。

きっとお馬鹿さん二人と、アルヴィスのお陰だろう、とエレフィナはむすっとしつつ認める。

(——一瞬でも素敵な人、とときめいてしまった自分が恨めしいですわ。アルヴィス様はお兄様から私のことを聞いていていて、からかっていたのね。悪趣味な方だわ！)

先程の喧騒が落ち着いた教室に戻ったエレフィナは、足早に自分の机まで向かい、バスケットを手に取るとすぐに引き返す。

エレフィナが戻ってきたらまた文句を言ってやろう、と息巻いていたコンラットは、声をかける間もなく出て行ってしまったエレフィナを唖然と見つめた。

「ふ、ふんっ。俺と顔を合わすことができず、逃げるように出ていったな！」

負け惜しみのようなコンラットの言葉を聞いた周囲の学園生たちは「眼中になかったみたいだよな」と顔を見合わせた。


エレフィナはコツコツと踵を鳴らしながら、人がいなさそうな非常階段に足早に向かっていた。

昼休みはあと少しで終わってしまう。一口でもお腹に入れておかないと、午後の授業が辛い。

午後は魔法制御の授業があり、とても集中力が必要だ。空腹で集中力を欠き、悲惨な結果になってしまうのはどうしても避けたい。

非常階段の踊り場にたどり着いたエレフィナは、ハンカチを階段に敷きその上に腰を下ろす。

わくわくしながらバスケットを開けると、サンドイッチとサラダが彩りよく詰められている。エレフィナの好きな具材がふんだんに使用されているサンドイッチには、テディベアやうさぎなど、先端が可愛らしい動物の形のピックが刺さっていて、気持ちが高揚した。

しっかりエレフィナのツボを分かっている料理長に感謝しながら、エレフィナは一口サイズのサンドイッチを時間をかけてゆっくり咀嚼する。

エレフィナが「次はひよこさんのピックにしようかしら」と、摘もうとしたところで、頭上から先程まで一緒にいた男の声が聞こえた。

「こんなところにいたのか？」

「……まだ、何か御用でしょうか？」

エレフィナは冷たい声で、声をかけてきたアルヴィスに返答する。

アルヴィスはエレフィナの頭上から顔を覗き込むようにして、今まさにエレフィナが摘もうとしていたひよこのピックが刺さったサンドイッチを手に取り、ひょい、と自分の口に放り入れてしまった。

「あっ！　私のひよこさんがっ！」

「——ふっ」

頭の中で「ひよこさん」と呼んでいたエレフィナは、ついそのまま口走ってしまった。

アルヴィスの笑い声が聞こえ、エレフィナは瞬時に「しまった」と恥じたが、彼は兄のエヴァンから自分の話をよく聞かされていると言っていた。エレフィナの可愛い物好きな趣味も、きっと知られているだろう。

（いまさら取り繕っても無駄ですわね）

そう判断したエレフィナは、諦めて次のサンドイッチに手を伸ばした。

アルヴィスを無視して静かに食事を続けるエレフィナに、少し上段に腰を降ろしたアルヴィスが声をかけた。

「悪い、本当に悪いと思っているから無視しないでくれないか？　そんなにつれなくされると、逆に振り向かせたくなる」

「っむぐ！」

口説くような甘い台詞をかけられ、エレフィナはけほけほと咳き込み、じろりとアルヴィスを睨み付けた。

「そうやってからかって、私の反応を見て楽しんでいらっしゃるのでしょう？」

「いや、本心だと言ったらどうする？」

「――どうもしませんわ！」

家族以外の男性とこのように軽口を叩くことなど初めてで、エレフィナはきゅんと簡単にときめく自分の胸憎がたらしくなった。

いつも気を張り、この学園に入学してからは人と気兼ねなく会話することはなくなっていた。常に腹の探り合いをしているような、嫌な緊張感が付きまとうからだ。

もちろん、コンラットから甘い言葉をかけられたことはなく、異性から面と向かって「可愛い」と言われたり、先程のように口説かれたこともない。

常に清く正しく、凛としている自分を誇っていたのに。

（男性に免疫がないとはいえ、簡単にときめいては駄目なのに……！）

冷静沈着な公爵令嬢を目指しているエレフィナは必死で表情を取り繕う。

にっこりと作り笑顔を浮かべたエレフィナは、アルヴィスに微笑みかけた。

「楽しいお話の時間でしたがごめんあそばせ、午後の授業が始まってしまいますの」

広げていたバスケットの蓋を閉めながら、エレフィナは立ち上がった。ハンカチを拾うと、アルヴィスに一礼してその場から立ち去る。

……否、立ち去ろうとした。だが、アルヴィスの言葉を聞いて足を止めてしまった。

「ああ、そうだ。この後の授業だが、魔法制御訓練だろう？　来週から俺も講師として教える予定だから、授業風景を見学する予定だ」

「……見学なさるのですか？」

嫌そうに眉をひそめたエレフィナに、アルヴィスはにんまり、といい笑顔で頷く。

「これも講師の仕事だろう？　しっかり授業風景を見て、来週からの授業に備えないとな」

(そんなこと、微塵も思っていないくせに)

自分の反応を見て楽しんでいるアルヴィスに、エレフィナは苦虫をかみ潰したような表情を浮かべ、アルヴィスはまた楽しげに口端を吊り上げる。

「授業開始まで時間がないな、制御訓練ということは、実技棟だろう？」

のんびりしていてもいいのか？　と尋ねられ、エレフィナははっと目を見開き、慌てる。

「――っ！　そうですわ、アルヴィス様とお喋りしている場合ではないのです！　急いで向かわなくては！」

今いる非常階段から、実技棟までは少し距離がある。

急いで向かわねば、授業開始に遅れてしまう。

（公爵令嬢である私が授業開始に間に合わないなど、プライドが許しませんわ！）

エレフィナは今度こそその場を離れようとした。

「待て待て。実技棟にバスケットを持ち込む気か？」

「っもう！　誰のせいですか？　早く戻りたいので話しかけないでくださいませ！」

はしたないけれど、走るしかないかしら、と考えていると、バスケットがひょいと奪われた。

エレフィナが振り向くと、楽しげに目を細めたアルヴィスが手に持ったバスケットを瞬時に消し去った。

「？」

アルヴィスの手の中には、確かにバスケットがあったはずなのに、一瞬の内に消失した。バスケットがあった場所には、魔力の残滓だろうか、キラキラした光の粒が舞い、しばらくすると、それも跡形もなく消え去った。

空間転移の魔法は、高等魔法のはずだ。それを何でもないことのように発動したアルヴィスに、エレフィナは目を見開いた。

「ははっ、空間転移は初めて見たか？　驚きすぎて目が零れ落ちそうだ」

「あ、当たり前ですわ……！　こんな高等魔法、この学園では見たことがありませんもの！」

口は悪いし、人をからかうような意地悪な人間だし、女性を口説く言葉を簡単に口にするアルヴィスだが、やはり最年少で副団長に登り詰めた実力は伊達ではなかった。

転移魔法には質量保存の法則や空間認識の能力が大きく関わる。目に見える範囲内での転移であれば、成功する者はまだいるだろうが、アルヴィスはここから離れたエレフィナの教室へバスケットを転移させたのだ。

魔術のエリート集団である王立魔術師団でも、これほど完璧に転移魔法を習得している者は少数だろう。

高度な転移魔法に興奮してキラキラと瞳を輝かせるエレフィナに、アルヴィスは「ほんっと、擦れてないよな」と呟いた後、近付いてきた。

「ほら、授業の開始時間に間に合わなくなるからしっかり捕まっていろよ」

「え？　……わっ」

アルヴィスに不意に腕を掴まれ、軽く引き寄せられる。

エレフィナが驚いているうちに、アルヴィスは魔力でエレフィナと自分を包み込み、魔術回路を構築して目的地まで繋いだ。

人体は質量が大きいため、自分が行ったことのある場所にしか転移できないのが難点ではあるが、この学園の卒業生であるアルヴィスは実技棟には何度も訪れたことがある。たとえ人二人分の転移であっても、アルヴィスには造作もないことだった。

エレフィナは一瞬の浮遊感にぎゅうっと目を瞑った。

次の瞬間、二人が立っていた場所には、アルヴィスが放った魔力の残滓が輝いているだけだった。

ふと、周囲のざわめきがエレフィナの耳に届く。

一瞬の浮遊感の後、周囲に人の気配を感じたエレフィナは、恐る恐る目を開けた。

すると、そこは見慣れた実技棟。周りにいるのはエレフィナと同じ学園生たち。彼らは突然姿を現したエレフィナとアルヴィスに驚き、ざわめいている。

「……あ」

エレフィナはそこではっとして勢いよく顔を上げる。

腕を掴まれ、引き寄せられている体勢は、傍からは抱き合っていると勘違いされてしまってもおかしくない。

転移魔法への不安から、エレフィナは無意識にアルヴィスに縋っていた。彼の服の袖を小さく掴んでしまっていたことに気付き、エレフィナは慌てて手を離し、距離を取った。

周囲の生徒たちからは転移魔法で現れたアルヴィスに畏敬と尊敬が入り交じった視線が注がれている。

転移魔法のおかげで皆アルヴィスに注目していて、エレフィナのことは誰も気にしていない。

そのことが分かり、エレフィナはほっと胸を撫で下ろす。数歩アルヴィスから距離を取り、お礼を口にした。

「……ありがとうございます、これで授業開始の時間に間に合いましたわ」

「いや、気にするな。俺が構ったせいだしな」

アルヴィスが素直に非を認めたので、エレフィナはきょとんとする。

（やり過ぎた、とやっとわかってくださったのかしら？）

そんなやり取りを交わすエレフィナとアルヴィスの姿を、実技棟の入口から物凄い形相で睨む人物がいた。

握り締めた拳は怒りでぶるぶると小刻みに震え、握った指先は爪が白くなっている。

(何あれ何あれナニアレ？　何であんな女がアルヴィスさまと一緒に？)

隣にいるコンラットの事など放ったまま、ラビナ・ビビットは憎しみの籠《こも》った瞳でただ一人、エレフィナを睨み続けた。

(最悪！　アルヴィスさまがあんなに格好よくて、優秀で素敵な方だったなんて！)

ラビナはちらり、とぼけっと突っ立っているコンラットを横目で見やった。

アルヴィスと比べると、横にいる男は何もかも劣っている。

(子供の頃、コンラットさまに一目惚れしてからこの人しか見てこなかったから……まさか、こんなに素敵な人がいたなんて……！　もっと早く知りたかった！)

コンラットは「王族」なだけで、王太子ではないし、魔法の腕がずば抜けているわけでもない。

(どうしよう……初めてを偽装しちゃったし、コンラットさまはエレフィナと婚約破棄するって大々的に言っちゃったし、もう、最悪だわ)

獣の血液を使い、処女であることを偽装する。それは、ラビナが昔からよく使う手であった。

経験の浅い、性行為に不慣れな男たちは皆、簡単に騙されてくれる。

そして、ラビナの初めてを奪ったと思い込んだ男たちは皆、彼女の言いなりになってしまうのだ。

手の込んだ偽装だから、第二王子のコンラットも例外なく騙された。

（ああ……でもきっとアルヴィスさまにこの手は通じなさそうだわ。大人の男性、って素敵よね……）

ラビナはギリギリと奥歯をかみしめ、エレフィナをちらりと盗み見る。

アルヴィスと気安く会話している姿に、さらに憎しみが募る。ラビナが狙う男性を奪おうとするエレフィナが憎たらしくてたまらないのだ。

最初はコンラット、そして次はアルヴィス。

エレフィナはいつも、自分が欲しい物を先に奪っていく。ただ、家柄に恵まれただけなのに。

湧き上がる憎悪のまま、ラビナはただただエレフィナを睨み続けた。

ラビナの視線の先では、アルヴィスが学園生たちに向かって説明していた。

「皆、驚かせてすまない。先程まで彼女——エレフィナ・ハフディアーノ嬢に現在の学園を案内してもらっていたので、午後の授業開始ギリギリになってしまった。親切心で案内してくれた彼女を遅刻させる訳にはいかなかったので、転移魔法を使わせてもらった」

俺が通っていた時とは校内の様子が少し違っていてね、と話すアルヴィスに誰も言葉を返せない。

それだけアルヴィスの「言い訳」がもっともらしく、不自然な部分が見えない。それに、高等魔法を簡単に、ごく普通に発動したアルヴィスを皆かすかに恐れていた。

「このまま制御訓練の様子を見学させてもらおうと思っている。俺のことは気にせず、訓練に取り組んでくれ」

そう告げた後、アルヴィスは講師と軽く挨拶を交わし合っている。見学の件は本当だったのだろう。

講師はアルヴィスに緊張しつつ、気持ちを切り替えて今日の制御訓練の説明を始めた。

エレフィナはアルヴィスに注目が集まっていることを利用し、人の少ないスペースに移動しようとこっそり歩き出した。

実技棟の入口付近で身動きできていなかった生徒たちも、気を取り直したかのように一人、また一人と移動し始めた。

そろそろ本当に授業が始まる。

「……アルヴィス様？」

講師との話が終わったのだろう、アルヴィスが実技棟の隅に移動しようとして、急に顔色を変えてエレフィナに近寄ってきた。

(何かしら……？)

アルヴィスはどこかを見た後、顔色を変えていた。

エレフィナもアルヴィスにならい、そちらに顔を向けようとしたところで——

「見ない方がいい」

「わっ」

その瞬間、アルヴィスがエレフィナの腕を掴み、強引に手を引いて移動する。

その行動はまるでエレフィナに「何か」を見せないようにしているようだ。

講師の声がかろうじて聞こえる辺りでやっとエレフィナを解放したアルヴィスは「じゃあ、俺は後ろで見ている」と言い放ち、その場から離れていってしまった。

「何でしたの、一体……」

アルヴィスの行動の意図が読めない。

エレフィナは、今日一日アルヴィスの行動に振り回されっぱなしだと、疲れたように溜息をついた。

エレフィナから少し離れた場所で、部屋の壁に背を預けたアルヴィスの視線の先にはラビナがいる。

じっとエレフィナを見つめるラビナの様子からは、悪感情しか感じられない。

「あの目は何だ……どうしてエレフィナ嬢を憎悪する？」

嫌悪と激しい憎悪が籠《こも》った視線をエレフィナに向けるラビナにアルヴィスは戸惑いを隠せない。

エレフィナから婚約者を奪い取ったラビナは、未だにエレフィナを憎んでいるようだ。

（エヴァンが言っていたが……公爵家の「犬」が得た情報によれば、ラビナ・ビビットはエレフィナ嬢潰しを徹底的に行っているらしい、が……）

婚約者を奪うだけでは飽き足らず、彼女の友人や公爵家と繋がりがあった者たちも全てラビナに味方した。

まだ学生のエレフィナには、耐え難い苦痛だっただろう。

アルヴィスは彼女の兄、エヴァンから常々エレフィナがいかに素晴らしいか、どれだけ優れた人間かを聞かされていた。

シスコンのエヴァンの言葉だ。大袈裟に言っているのだろう、と話半分に聞いていたが、実際に会って話した彼女は、兄の言葉にたがわず、立ち振る舞いや、高位貴族としての誇りに文句のつけようがない。

ほんの少ししか言葉を交わしてはいないけれど、それだけでもエレフィナの人となりはすぐにわかった。

気高く、美しく、芯のしっかりした女性だ。

(彼女を王族に迎えようと、王家が躍起になっていた気持ちがよくわかるな)

「……彼女は、コンラット第二王子には過ぎたる人物だ」

ぽつり、とアルヴィスの口から零れた言葉は、誰に聞かれるでもなくそのまま消える。

あれほどエレフィナの傍にいながら、彼女の素晴らしさに気付かない。否、優秀過ぎたエレフィナに劣等感を抱いた末の愚行だろうか。矮小な人間ほど、優れた人物に妬み嫉みを抱くのだ。

——エレフィナは、あの愚か者にはもったいない。

最初は、親友の大事な妹だから少し目を掛けようと思っていただけだった。

学園の生活に大人が介入するのはあまりよくない。だから、表立って行動することなく、陰ながら見守ろうとした。

けれど教室の中心で、多くの学園生に囲まれながら一人で背筋を伸ばし、凛と立つ美しい姿を見てしまった。

気丈に振る舞ってはいたが、かすかに肩を震わす姿を見てしまった。

瞳を過る恐怖に気付いてしまった。

だからアルヴィスはあの時、考えるよりも先に声を発してしまったのだ。自然と、エレフィナの元に足を動かしてしまったのだ。

「ああ、不味いな……エヴァンの妹だぞ……？」

アルヴィスは高鳴る鼓動に苦笑して、真面目に授業を受けるエレフィナに視線を向けた。


バチバチバチ、と実技棟内で様々な魔力の波が駆け巡る。

魔力の制御方法を習得すれば、様々な魔法を発動することができる。

そうすれば、学園卒業後は多種多様な要職に就くことができるし、結婚相手の選定にも有利に働く。

女性の魔法剣士や、魔術師もこの国では人気職だ。

良家の子息、令嬢たちは魔法の才があるかどうかで今後の人生が大きく変わる。

それほど、この国では魔法の才が重要なのだ。

だが、魔力は血筋に左右されることが多い。

この国の公爵・侯爵家は、ほとんどが大きな魔力を持つ家だ。国への貢献が大きいことから、必然的に爵位が上がっていったのである。

稀《まれ》に、男爵家や子爵家から膨大な魔力を有する者が生まれる場合もあるが、いかに魔力が膨大でも、その魔力を体の中で循環させ、術として昇華させられるかどうかは、制御の力による所が大きい。

力はあるが、センスがなければ宝の持ち腐れ、ということだ。

そのため、公爵家に生まれついたエレフィナも例に漏れず、膨大な魔力を有している。

今、エレフィナたちが行っているのは、魔力制御と防御魔法の基礎訓練だ。

学園生たちを眺めているアルヴィスの下に、講師がやってきた。

「どうですか？　なかなか見込みのある者が多いと思うのですが」

「……見込みのある者が多い？」

講師の問いかけに、アルヴィスは小さく溜息をつく。

「何人かめぼしい者はいるが、今年は不作だな。初手の魔力制御に苦戦して乱れが酷い。そうだな、優秀そうなのは……」

そこで言葉を切ったアルヴィスはふとエレフィナに視線を向けた。

(制御が中々なのはエレフィナ嬢、と……)

次に視線を移した先は、この国の第二王子であるコンラットとラビナ・ビビットだ。

コンラットは腐っても王族だ。魔力量も文句なしで、制御も何とかなっている。

問題は、隣にいるラビナだ。

(何だ、あれは？　伯爵家だよな……？)

伯爵家にしては豊富な魔力量。そして制御も中々の腕前に見える。

魔力制御にはコツがあるため、一度コツさえ掴んでしまえば制御は安定する。

とはいえ、コツを掴むには回数をこなさなければならないため、周囲は苦戦している者が多い。

ほんのわずかな違和感に考え込んでいるアルヴィスに怪訝な顔をしつつ、講師は生徒たちに声をかけた。

「さあ！　それでは魔力を霧散させましょう！　この霧散させる行為もゆっくり、慎重にやらなければいけません。魔力を暴走させず、ゆっくりと息を吐くようなイメージで、少しずつ体内の魔力を空中に空中に～そう、その調子」

講師の言葉に生徒たちが従い、練り上げた魔力をゆっくり消失させていく。

皆が真剣に取り組む中、突然ラビナの魔力が膨れ上がった。自分で制御できる範囲内を越え、魔力を放出しているのだ。

「——正気か？」

膨れ上がる魔力に瞬時に反応し、アルヴィスは小さく叫んだ。

ラビナの魔力を強制的に無効化させるため、自分の魔力を解放して実技棟の空間に干渉する。

アルヴィスからわずかに遅れて反応した講師も対応しようとしていたが、それでは遅い。

魔力暴走が起きてしまってからは遅いのだ。

——バチンッ！

と、実技棟内の魔力を強制解除させた音が大きく響きわたった。

生徒たちは何が起きたのか理解しておらず、きょとんとしたり、周囲を見回している者がほとんどだ。

「……え？」

エレフィナは、自分が放出していた魔力が一瞬で消失したことに呆気に取られ、呟く。

「今のは……なにが？」

エレフィナは戸惑いながら自分の両手を見下ろした後、無意識にアルヴィスに視線を向けた。アルヴィスはとある一点——ラビナを鋭い視線で射貫いていた。

実技棟内はざわめきに満ち、講師陣は緊張感を抱いている。

そんな空気感を物ともせず、ラビナは涙を目いっぱいに溜め、アルヴィスに駆け寄った。

「アルヴィスさまぁっ！」

そのままアルヴィスに抱きつこうとしたところで、アルヴィスは低く冷たい声で問いただした。

「何のつもりだ、ラビナ・ビビット嬢。今、何をしでかしたか……わかっているのか？」

「はい……っ、魔力の放出を頑張って抑えて消滅させようとしていたのですが、余りの疲労に一瞬意識が持っていかれて……」

ラビナはぐすぐす、と涙声で手を伸ばし、アルヴィスの腕に触れた。アルヴィスは眉をしかめて距離を取り、ラビナの様子を観察するように目を細めた。

周囲の生徒たちは「なんだ？」というようにアルヴィスとラビナに視線を向ける。エレフィナも何が起きているのか、静かに成り行きを見守る。

「自分では制御できないくらい、魔力が暴走してしまったのです……。アルヴィスさまが助けて下さらなかったら私は皆を……」

ラビナは体を震わせ、わっと泣き出して自分の顔を両手で覆った。

(――魔力、暴走ですって……？)

ラビナの言葉を聞いた瞬間、エレフィナはひゅっと息を呑み込んだ。同時に、頭の先からさあっと血の気が引いていくような感覚に陥る。

「魔力暴走」とは、自身が練り上げた魔力を制御しきれなかった際に発生する現象だ。

魔力暴走が起きると、制御しきれなかった魔力は膨れ上がり、限界に達した際、爆裂する。

その爆裂は、中級の攻撃魔法の殺傷力に相当するのだ。

魔力暴走が起きていたら、この空間にいる生徒たちを巻き込んでいた可能性がある。

そのような事件が起こらないよう、魔法を教える講師たちは学園に特別雇用される。大概が国の機関に所属する魔術師や、アルヴィスのように魔術師団に所属する人間だ。講師に魔力暴走を制する能力がなければ、魔法の腕が未熟な生徒が暴走した際、生徒たちを守ることができないから。

「なんという、ことが……」

エレフィナは恐怖に戦慄《わなな》く唇で、何とかぽつりとそれだけを零す。

下手をすれば死傷者が出ていたかもしれない。

それほど危険な状況だったことがわかり、エレフィナはぶるり、と体を震わせた。

魔力暴走という現象がいかに危険か、授業で学んでいるはずなのに、周囲の学園生たちはぴんときていないようだ。しくしく泣くラビナを責めるどころか、心配して声をかけたり、慰めている。

（し、信じられない……！）

エレフィナは唖然としつつ、アルヴィスともう一人の講師に視線を向ける。

彼らも学園生と同じような反応をしていたらどうしよう。自分の感覚がおかしいのか、と不安だった。

しかし、講師は真っ青になって、アルヴィスは鋭く厳しい視線をラビナに向けていて、エレフィナはほっとした。

「本当に怖かったです……っ、溢れる魔力は……、私の体がどうなってしまうのかっ、もしかしたら皆が怪我をするかも、と考えると本当に怖くって……！」

ぐすぐす、と泣き喚くラビナの肩をコンラットが抱き、声をかける。

「ああ……ラビナ、大丈夫、大丈夫だ。何も起きなかったではないか……！」

「コンラットさまぁ！」

コンラットの胸に縋りついて泣くラビナの姿は痛々しく見える。

生徒たちは、悲壮感溢れるラビナのその演技にすっかり騙されている。ラビナは悪くない、泣かなくて大丈夫だ、と口々に慰め始めた。

その光景を冷めた眼差しで見つめていたエレフィナは、ついつい冷たい言葉を零してしまう。

「……なんですの、この茶番は」

わかっているのだろうか。

大勢の命が危険に晒されていたのに。そのことを理解している生徒はどれだけいるのだろうか。

「まったく、その通りだな」

「――――！」

独り言に返事が返ってきて、エレフィナは咄嗟に自分の口元を手のひらで覆った。

いつの間に隣に来ていたのだろうか。

エレフィナはそちらを見ないまま「聞かなかったことにしてくださいませ……」と呟く。

つい、本音が零れてしまった。貴族令嬢としては少々お口が悪い。

羞恥に頬を染めるエレフィナに苦笑したアルヴィスは、そのことには触れず言葉を続けた。

「……さすがに、この一件は看過できない。魔力暴走が起こっていたら不味いことになってい
た……。にもかかわらず、ここの生徒たちはお気楽だな。……魔力暴走は、学んでいるよな？」

「もちろんですわ。座学でしっかりその危険性と原理は履修済です」

「……ん、わかった。学園長に報告する」

アルヴィスは忌々しそうに舌打ちをして、後頭部をかいている。複雑そうな顔のアルヴィスを見
て、エレフィナは首を傾げた。

確かに、魔力暴走が起きそうになったのは大変な事態ではある。大事になりそうだったところを、
恐らくアルヴィスが対処してくれたのだろう。

だが、アルヴィスはそれ以外にも憂い事があるような、難しい表情をしている。

「……何か、他にも問題がございますか？」

エレフィナの問いかけにはっとしたアルヴィスは、苦々しい表情と口調で零した。

「――あっさり、魔力暴走を引き起こしそうになったことを認めた、だろう……？」

「え？　ええ、はい。そうですわね」

「故意だったのか、そうじゃなかったのか……。本人があの様子だ、周囲は故意じゃなかった、と証言するだろう。……咎めることはもう、不可能だな」

「えっ」

故意なんて、まさか。なんのために。

「全て計算ずく……悪知恵が働く人間だな」

アルヴィスは疲れたように溜息を零す。エレフィナは呆然としながらラビナへ視線を向けた。

エレフィナの視線を受けたラビナは、抱き寄せるコンラットに体を預けて、顔を歪め、嘲笑を浮かべていた。

◇◆◇

学園での一日の授業が全て終わった。

エレフィナは帰り支度をして、教室から出ようと立ち上がった。

魔力暴走が起こりそうになった制御訓練の授業の後、ラビナ・ビビットは学園長から呼び出され、まだ戻っていない。

同時に、あの場にいた講師とアルヴィスの姿もない。恐らく、事情説明のために彼らも学園長に呼び出されているのだろう。

(ラビナさんが戻ってくる前に、帰宅しちゃいましょう！)

いそいそ帰り支度をしていたエレフィナは、教室の出入り口へ足早に向かう。

するとなぜか、コンラットが鋭い視線で睨んできた。

(……？　まだ、私に文句を言いたいのかしら？　構っていられませんわ)

エレフィナはつん、とコンラットから視線を逸らし、そのまま教室を出た。

学園の正門前に迎えに来ていた公爵家の馬車に乗り込んだエレフィナは、座席に深く沈み込み、疲れたように溜息を吐いた。

今日一日、様々なことがあった。

学園であんなに沢山、誰かと話したのは久しぶりだった。それも、自分の性格がバレている人が相手だったので〝完璧な公爵令嬢〟を演じる必要がなくてとても気が楽で、悔しいが楽しかった。

誰一人として味方がいない学園で、気を張らずに話せたことがどれだけ嬉しかったか。それに、エレフィナはアルヴィスとの会話を「楽しかった」と感じてしまった。

「……っ、いえ、これ以上考えてはいけませんわ……！」

ぶんぶん、と思考を振り払うように頭を振り、何度も「忘れる、忘れる」と繰り返す。

そしてエレフィナは馬車の中に置いてある大きなテディベアをぎゅうっと抱き締め、早く公爵家に着いてほしいと願った。

「ただいま帰りましたわ」

いつものように帰宅を告げたエレフィナは、使用人たちに荷物を預け、一言二言交わしながら玄関ホールを進む。すると、これまたいつものようにエヴァンが出迎えてくれる。

「フィー、お帰り」

「エヴァンお兄様、ただいま帰りましたわ」

お帰りの抱擁を交わすと、エヴァンが心配そうにエレフィナを覗き込んだ。

「フィー、どうしたんだい？　元気がないが……」

「あら、顔に出ておりました？　すみません……。少し疲れてしまったようです」

ふぅ、と溜息を零すエレフィナの頭を、エヴァンはそっと撫でる。

「もしかして、今日から学園に来ているアルヴィスのせいかな？　ある程度状況は把握しているが、フィーを煩《わずら》わせるなら下げさせようか？」

「え……っ？　そんな、大丈夫ですわ！　アルヴィス様のお陰で、大事にならなかったのですし……！」

フィーは優しいなぁ、フィーを煩《わずら》わせるものは消しちゃっていいんだよ？

と、そら恐ろしいことを曇りない瞳で告げるエヴァンに、エレフィナは必死にぶんぶんと首を横に振る。

「エヴァンお兄様。私は本当に大丈夫ですので、そんな怖いことを仰らないでくださいまし！」

「そうかい？　もしいらなくなったら言うんだよ、すぐに下げさせるから」

けろり、となんてことないように告げるエヴァンに、エレフィナは引きつった笑みを返す。

ハフディアーノ公爵家の権力は大きく、各方面への影響力も絶大である。きっと冗談なのだろうが、実現させてしまう力があるのだから、やめてほしい。

いささか残念そうなエヴァンの腕を引っ張って、エレフィナはサロンに向かう。

帰宅後、夕食の時間までサロンでお茶とお菓子をつまみながら会話を楽しむのが、兄妹二人の習慣なのだ。

エレフィナの話を楽しそうに、嬉しそうに聞いてくれるエヴァンに、ふ、とエレフィナは学園卒業後は本当にこのまま、公爵家で父と兄を手伝いながら過ごしてもいいのかもしれない、と考える。

そうすれば、今回のように婚約破棄の騒ぎに巻き込まれることはないし、異性に心を乱される可能性もなくなる。

これから婚約破棄の処理で疲れてしまうし、少しゆっくりするくらいならきっと父も兄も許してくれるだろう。

どうせいずれは誰かと結婚し、家同士の繋がりの強化のためにこの身を捧げるのだろうから。

（愛も情ももういりませんわ……ただ、心穏やかに過ごしたい）

サロンでエヴァンとお喋りを楽しんでいると、父のエドゥアルドがひょこ、と姿を現した。

「ここにいたか、二人とも」

「父上？　どうしたのですか」

「あら、お父様。先ほど戻りましたわ、お仕事お疲れ様でございます」

ありがとう、フィー、とにこやかに笑うエドゥアルドとぎゅっと抱擁し合う。

エドゥアルドが二人と向かい合うようにソファに腰かけると、メイドが速やかにお茶の準備をし、静かにサロンの入口に下がる。

「先ほど、ラフラート副団長から連絡があった。改めて今日の出来事の説明と、エレフィナの身を守る魔道具を渡しに来るそうだ」

「アルヴィスが……？　わざわざこちらに来るんですか」

エヴァンが驚いたように目を見開くと、エドゥアルドが「ああ」と頷く。

「夕食後でもいいから、今日中に伝えたい、と連絡があった。よほど重要な話なのだろう。つい先ほどまで、学園長と話をしていたようだった」

「——そうなのですね……厄介事を持ってきそうですね」

エドゥアルドとエヴァンが難しい顔で話している。

エレフィナには、これから何が起きるのか、起ころうとしているのか、ちっともわからない。ただただ不安で押しつぶされそうだった。

夕食を終えたハフディアーノ家の三人は、アルヴィスの到着を広い客間で三者三様の心持ちで待っていた。程なくして家令から「ご到着いたしました」と声がかかる。

「通してくれ」

エドゥアルドがそう答えると、家令は一礼して下がった。

しばし間が空き、客間の扉の向こうから声がかかる。

「アルヴィス・ラフラートです」

昼間、嫌というほど近くで聞いた低い声が、エレフィナの耳に届く。

エドゥアルドが「入ってくれ」と声をかけると、「失礼します」と聞こえ、扉が開く。

アルヴィスは魔術師団の隊服をきっちりと着込み、扉の前で一礼している。

右肩から流れる紺色のペリースがふわりとひらめき、エレフィナは目の前にいる男性が、昼間のだらしないアルヴィスと結びつかず目を白黒させた。

「よく来てくれた。顔を上げてこちらに座ってくれ」

「ありがとうございます」

エドゥアルドのその言葉に、アルヴィスは客人用のソファに腰を下ろす。控えていたメイドはお茶を出すと、一礼して客間から下がった。

「……さて、それでは話を聞こうか」

「はい。これからお話しする内容は、学園長から他言無用に、と書面で指示されております。こちらを……」

アルヴィスはそう告げると、傍に控えていた家令に書状を渡す。エドゥアルドは家令から書状を受け取り、中を確認した。

「……中々の騒動になっているようだ。信憑性は？」

「確証はございませんが……憂いは絶たなければいけない、とのことです。頭に入れておいてほしい、と言付かっております」

エドゥアルドは書状をエヴァンへ渡し、中身を確認するよう視線で促した。

エヴァンは小さく頷いてから書状に視線を落とす。

「――これは、こんなことが本当に起こるのか……？」

「エヴァンお兄様……？」

エヴァンの鋭い声音に驚き、エレフィナはびくり、と体を震わせた。

「……これは、最悪の事態の場合です。ですが、彼女の心の深淵には深い憎しみが灯っていました」

その激情は自身も怯んだほどだ、とアルヴィスは話す。

「これからご説明する内容は、私が考えうる最悪の場合となります。何もなければいいのですが、心構えだけはしておいていただきたい」

そして、アルヴィスが語った内容はとても看過できるものではなかった。

始まりは、エレフィナへの羨望や嫉妬心。そういう感情だったのだろう。

それが、時間が経つにつれて憎しみに変わったようで、ラビナ・ビビットのエレフィナへの執着はどんどん膨れ上がったらしい。

アルヴィスは今日、ラビナから悍ましいほど恨みの篭った視線がエレフィナに注がれているのを目撃した。そしてラビナは、周りにいる無関係の者たちを巻き込む恐れがあったにもかかわらず、とんでもない暴挙に出たのだ。

恐らく、あの場にアルヴィスがいたからそんなことをしたのだろう。不発に終わることを、ラビナはきっと理解していた。

何が彼女にそこまでの憎しみを抱かせるのか。

アルヴィスは、ラビナが触れてきた際に彼女の魔力を搦め捕り、感情を読み取ろうとした。理由が分かれば手が打てると思ったのだ。

そうして触れた彼女の心の中は、憎悪や執着等の禍々しい負の感情が満ち溢れていた。深淵にはもっとドロドロとした感情が隠されており、さらに覗こうとしたら弾かれた。

ラビナの本質を誰も見抜けないように、拒絶の魔法が幾重にも重なってアルヴィスほどの術者を弾いたのであった。

「普段のあの振る舞いが、演技なのか、それとも本当にあのままなのか……。でも彼女からは魔法への深い理解を感じます。自分の心を守るため、無意識に魔法を使ったのか、それとも誰かが彼女の本質を隠す魔法をかけたのか。その判断ができなかったため、学園長に報告しました」

「……そうしたら、我がハフディアーノ家にも？」

「ええ。報告をするように、と」

真剣に話す父親とアルヴィスを見て、エレフィナは深刻なことが起きているのだと理解した。

もしかしたら学園長は、国家を揺るがす事態であると想定して、我が家にも報告させたのかもしれない。

ハフディアーノ家に流れる血には、守護の魔力が強く発現する。

軍事面でも、精神面でも、守護の要である我が家に問題が起きてからでは遅いからなのだろう。

「私の思い過ごしであればいいのです。考えすぎなのならいいのですが……彼女は第二王子を手に入れただけでは飽き足らず、私にも執着しているように見えます。それが、私の力が目当てだとしたら……」

「王家の権力と、君の攻撃魔法という実行力を得ることになる。想像したくはない」

エドゥアルドは苦笑しながらひょい、と肩を竦める。アルヴィスも、眉を下げて苦笑いを浮かべた。

「はい。……精神干渉の魔法に耐性はありますが、完全に防げる、というわけではありませんので」

「第二王子はもうあの女の傀儡だからな……あの王子にそこまで力はないが、王族の血筋は厄介だ」

「考えすぎであればいいのですが……」

アルヴィスは眉をひそめ、唇を噛み締める。

(ただの嫉妬心や、執着心が暴走しただけならいいんだが……。そうであれば御するのは容易《たやす》い)

だが、アルヴィスもエドゥアルドも、ラビナが「ただの頭の緩い女でなかった」場合が厄介だと考えている。

だが逆に、頭の緩さゆえとんでもないことを仕出かしそうなのも事実。実際、ラビナ・ビビットはエレフィナに悍ましい憎しみを抱いている。

アルヴィスは不安を振り払うようにゆるり、とかぶりを振ったあと、隊服の内ポケットから何かを取り出した。

「これを、エレフィナ・ハフディアーノ嬢へ。本日、魔力制御の授業を行った講師は、魔道具の研究機関から来た人間です。魔道具作成にとても長けております。彼に私が防御の魔法を付加した物を魔道具に加工してもらいました。ご自身の身を守るため、身につけていただきたい」

家令が受け取ったそれは、美しく輝く魔石がはめ込まれた美しいイヤリングだった。

きらり、と魔石が煌めいているイヤリングを見たエレフィナはつい「綺麗……」と呟いた。

「これを、常に身に付けていていただきたい。帰宅した後でも、ラビナ・ビビットがもし本当に魔法に精通していれば、時間差で発動する術を仕掛けてくる可能性があります。学園内では私が側にいますが、帰宅途中や邸の中で強力な攻撃魔法が発動したら……無傷では済みません」

「……そうだな。我々は現在、国境守護に大きく力を割いている。邸内にも守護の魔法はかかっているが、微力だ。ララフラート副団長の魔法と魔道具研究機関から来た人間が加工した魔道具であれば、効果は高いだろう」

エレフィナはこれを必ず身に付けなさい、とエドゥアルドに手渡された魔道具を手のひらに載せる。

「……ありがとうございます、アルヴィス様」

「――いえ、もったいないお言葉です」

アルヴィスはエレフィナに一礼すると、「では私はこれで」と、ソファから腰を上げた。

「ああ、早めに伝えてくれて助かった。こちらでももらった情報を元に調べさせるよ」

「ありがとうございます、どうぞよろしくお願いいたします」

流れるような美しい所作で一礼し、アルヴィスは出て行こうとする。

「フィー、私と父上は少し話すことがあるから、アルヴィスを玄関まで送ってきてくれないか？」

「かしこまりましたわ、エヴァンお兄様」

見送りなんて結構ですよ、と遠慮するアルヴィスに、エヴァンは笑う。

「友人としてアルヴィスを見送りたいんだよ。まぁ、俺はこの後父上と話すことがあるから……俺でなくてすまないな？」

「……ありがとう。まぁ、俺も可愛いエレフィナ嬢に見送ってもらう方が嬉しいしな」

そんな軽口を叩き合う二人は、本当に仲の良い友人同士なのだな、とエレフィナは微笑んだ。

公爵家の嫡男として重責を担う兄に、気安い会話ができる人物がいてくれて嬉しい。気心の知れた友人がいる、というのは兄の心に安らぎを与えるだろう。

「参りましょう、アルヴィス様」

「――ええ。それでは失礼いたします」

最後に一礼して、アルヴィスはエレフィナと共に客室を後にした。

公爵家の廊下を二人でゆっくりと進む。

エレフィナは自分の後ろを歩くアルヴィスを振り返り、魔道具を用意してくれたことにあらためて感謝を伝えた。

「アルヴィス様、このような貴重な物をお贈りいただき、ありがとうございます」

「いえ、ラビナ・ビビットがエレフィナ嬢に向けるあの憎悪を思えば……当然のことです」

背筋を伸ばし、凛々しいこの男性は本当に昼間のアルヴィスと同一人物だろうか。

エレフィナはむずむずと背中が痒くなった。違和感しかない。

「……何だか気色悪いですわ」

ちらり、とアルヴィスを肩越しに嫌そうな表情でエレフィナは告げる。アルヴィスは複雑そうな表情で唇を尖らせた。

「……仕方ないでしょう。ここは学園ではありません。公爵家のご令嬢に失礼な態度はとれません」

「別にいいじゃありませんの、今はお父様もお兄様もおりませんし……」

「……エレフィナ嬢がそこまで仰るのなら」

ああ、緊張した、と砕けた口調で話すアルヴィスに、エレフィナはふふふ、と微笑んだ。

「やっぱり、アルヴィス様はその方が自然ですわね。普段はお口が悪いのでしょう?」

「失礼な。学園での俺が素ではありますが……そんなに俺って口が悪いですか？」

嫌な笑い方で、アルヴィスはエレフィナの顔を覗き込む。突然近くなった距離に、エレフィナは頬を染めた。

男性に免疫のないエレフィナは、突然近付いた男の顔にどぎまぎしてしまった。

「つえぇ、そうですわ……っ、アルヴィス様のような男性には、初めて会いました！」

「はは、それは嬉しい。エレフィナ嬢の初めてをもらえるなんて」

「いっ、言い方が何だかいかがわしいですっ！」

「ああ、これは失礼」

——完全に私をからかって楽しんでいるわ！

怒りをぶつけるように、カツカツと足音を荒らげて廊下を進むエレフィナに、アルヴィスは声を出して笑う。

エレフィナに追いつこうと、アルヴィスは足を速めた。

玄関を出て、エレフィナは足を止める。目の前には魔術師団の軍馬が繋がれている。

「馬で来られたのですか？」

きょとんと目を瞬かせてエレフィナが問うと、アルヴィスは「あぁ」と答えつつ、その馬の鬣《たてがみ》を撫でつける。

「加速の魔法や、近場まで転移することも考えたが、正式な訪問だったしな……公爵家へ突然魔法で伺うのは失礼だから」

まあ、馬で来たから帰りも馬で帰るかなとアルヴィスは呟く。

ふとアルヴィスの視線を感じたエレフィナは「何ですか？」と問いかけた。

「ああ、うん。魔道具を贈りたかったのは本当に真っ当な理由からだったんだけど……」

エレフィナの耳で揺れるイヤリングを見て、アルヴィスは目を細めた。

「俺の色をエレフィナ嬢が付けている、というのは存外いいものだな」

「えっ」

ぽつり、と呟いたアルヴィスの言葉は真剣な響きだった。思わず漏れ出てしまったのだろうか、アルヴィスははっと目を見開くと、誤魔化すように咳払いをした。

「いや、何でも……では、失礼します。ここまでの見送り、ありがとうございました」

言うが早いか、アルヴィスは素早く馬に飛び乗り、颯爽と駆けていった。

遠ざかっていくアルヴィスの後ろ姿。髪の毛の間からちらりと覗いた耳は、赤く染まっていた。

「えっ」

それに気付いたエレフィナは、自分の頬にも熱が集まるのを感じた。

第三章

アルヴィスがハフディアーノ公爵邸にやってきたあの日から、エレフィナは落ち着きなく過ごしていた。

赤く染まったアルヴィスの耳が脳裏にしっかり焼き付いていて、この二日間は、何だかソワソワする休日だった。

アルヴィスが邸を後にして、父と兄は忙しそうに各方面と連絡を取り合っている。

エレフィナにも何かできることはないかと聞いたが、二人はフィーは何も心配しなくていいよ、と微笑むだけだった。

それならば、とエレフィナはアルヴィスから伝え聞いた内容を整理して、今後の学園生活について考えた。

「ラビナさんは元より、コンラット様とも必要以上の接触は禁物ですわ……」

エレフィナが近付かなくても、なぜか自分に執着しているラビナは、きっと頼んでもいないのに何かと絡みにくるだろう。

それに付随してコンラットも絡んでくるだろうから、授業以外の時間はなるべく教室外に逃亡した方がよさそうだ。

今回の件は王家にも報告が行ったとエドゥアルドが言っていたし、その流れでコンラットのお馬鹿な婚約破棄騒動も知れわたったに違いない。

恐らく、これでコンラットはもう終わりだろう。

そして、事件のきっかけになったラビナについても調べられる。

「あの二人は……卒業パーティーの前に破滅するでしょう。……ですが、私からもしっかりお礼をして差し上げなければ」

それに、とエレフィナは目を細める。

「噂話に踊らされたお馬鹿さんたちも……」

――私は私で、やるべき準備をいたしましょう。

エレフィナはうっそりと微笑んだ。


翌週、学園に向かう馬車の中でエレフィナは耳元で揺れるイヤリングをそっと撫でた。

ここから先は、自分の身は自分で守らねばならない。

今日からアルヴィスが講師として学園に来るとはいえ、彼の授業は週に二、三度だ。

現役で魔術師団の副団長も務めているアルヴィスは、もしかしたら学園に来るのはもっと少ないかも、と考えると不安で気持ちが萎んでいく。

「いえ……元々、私は一人でしたもの。アルヴィス様が来る前に戻るだけですわ」

先日、たった一日。学園でアルヴィスと共に過ごしただけで、学園での辛い生活を忘れられた。

心を強く保ち、しっかり前を向いて学園生活を送っていたが、辛いものは辛かったのだ。

三年間の学園生活を通して、魔法の才のある者は制御の仕方や魔法への理解、術への昇華に関わる人体と魔力の関係、魔道具に関わる知識全般を学ぶ。

専門的な知識は卒業後に学ぶこともできるが、基礎ができていなければ話にならない。

魔法の才のある卒業生たちは三年間真面目に学び、国のための仕事に日々勤しんでいる。

残念ながら魔法の才能がなかった者も、一貴族として領地経営や社交・外交により国を支えている。

エレフィナはどちらの仕事も、優劣などつけられないほど重要で、国にとってなくてはならないものだと思っている。

ただ、魔法の才がある者は、時たま才のない者を下に見るきらいがある。

「……魔法の才能があっても、人となりが悪ければただの無礼な人間ですもの」

才能があろうがなかろうが、そんな人物は貴族社会から淘汰される。

学園にいる今は、まだ子供だから、と許されている。だが、既に分別のつく年齢ではあるのだ。

在学中は処分されないが、卒業後一人前と認められたら……己の仕出かした事柄の責任を取らねばならない。

それを分かっているのだろうか？　とエレフィナは胸中で呟く。

学園に入学する際に、説明はあった。

この三年間は、貴族としての振る舞いを、大人としての振る舞いを学ぶ期間であり、それに反したらどうなるか。

「ふふっ。己の浅はかな行動によって、卒業後にどんな運命を辿るか分からぬお馬鹿さんたちは、必要ありませんわ」

学園に入学してからの二年間で、ラビナに与する者たちに二度ほど注意をした。

人の話を鵜呑みにするばかりではなく、状況判断や虚偽の有無について確認することが大事だと。

糾弾するならば、確かな証拠が必要なのだと説明したし、説得もした。

けれど、何も変わらず、エレフィナは早々に彼らを切り捨てた。

二度も機会を与えたのだ。兄が知ったら二度も機会を与えるなど甘いと怒られるだろう。

「私もまだ子供だったのですわ……」

ちゃんと話せば分かってくれると思っていた。そんな甘い考えを持っていたのだ。

けれど、三年目にその考えは捨てた。

お馬鹿さんたちには申し訳ないけれど、あの二人と同じ運命を辿っていただきましょう、とエレフィナは笑った。

学園生活は残すところ、あと半年だ。

卒業式の後、卒業パーティーが開催される。未来の有能な若者たちを大人達が祝う場だ。

そこで全てに片がつくだろうと、エレフィナは口端を上げた。

馬車が学園の前に止まり、エレフィナは御者の手を借りて馬車から降り立つ。

御者に礼を告げ、エレフィナはばさり、と長い髪の毛を払い、力強く足を踏み出した。

（我が公爵家は動き始めましたわ。あとは私が残り少ない学園生活でどう動けるか……、ですわね）

周囲のざわめきが自分に向いていることに、エレフィナはうんざりした。

先日の婚約破棄騒動が、もう同じ階の生徒たちに知られてしまったのだろう。

（まぁ、お昼休みのお時間でしたし、噂が広まるのは早いですからね）

ふう、と疲れたように溜息を零し、不躾な視線を無視してエレフィナは教室に入った。

教室内には珍しく、ラビナとコンラットの姿がない。「あら？」とエレフィナは首を傾げながら、自分の机に向かった。

朝からコンラットやラビナに煩《わずら》わされず、安堵する。

ラビナはともかく、コンラットには噛み付かれるだろう、と予想していたのだが。肩透かしを食らった気分である。

すると遠巻きにひそひそ噂話をしている学園生の声が、嫌でも耳に入ってきた。

「先週のあの最後の制御訓練……ラビナ嬢に悪気はこれっぽっちもなかったのに、公爵家のエレフィナ・ハフディアーノ嬢を危険に晒した、とかでかなり怒られたらしいぞ」

「わざとじゃないのにそれは酷いわね」

「何でも、あのアルヴィス・ラフラート副団長からも厳重注意を受けたらしい。ちょっとやり過ぎだよなぁ」

「ええ、ええ。たかが授業中の失敗で、学園長室に呼び出すなんて、見せしめじゃない」

「公爵家だからって本当に偉そうだよなぁ」

好き勝手に話されているのを聞いて、エレフィナは頭に血が上った。

(偉そう、ではなくて実際我が公爵家は重要なこの国の守りの要なのですわ！　それも分からなくなってしまわれたの？　それに、たかが授業中の失敗？　魔力暴走が起きていたかもしれないのに、その危険性を理解できないのかしら？)

魔力暴走は、即座にアルヴィスが対処してくれた。実技棟内にいた生徒たちは、あの場が危険な状況になっていたとは知らない。

けれど、ラビナと距離があったエレフィナが怪我をする恐れがあった、と言っているのに、エレフィナよりラビナの近くにいた自分たちに危害が及ぶ可能性があった、と考えないのはなぜだろうか。

「それでかなり怒られて、精神的にまいったラビナ嬢は、登園はしたものの、具合が悪くなって休める部屋に行ったらしい」

「成程。それでコンラット殿下が付き添っているのか」

あの二人の仲は誰にも引き裂けないよなぁ〜、などとぽやぽやしたことを話している。

(な、なんてことですの……これが、最終学年の会話ですの？　あと半年で私たちは成人、大人として扱われますのよ……！)

エレフィナは信じられない、と呆れ果て、がっくり肩を落とす。

彼らは三年間の学園生活を楽しんでいるだけなのだろう。卒業後の自分の身の振り方など、微塵も考えていない。

（去年までは、まだマシでしたのに……人間って、染まってしまう生き物なのですわね）

そうこうしている内に、午前の授業が始まった。

午前中は貴族社会のマナーや、外交に関して学ぶ。卒業間近になると、外交問題についての授業が多くなるのだ。

隣国との外交問題、他国との同盟問題や争いについての歴史。そして自国の成り立ちなど、歴史も深く学ぶ。国境付近では時たま魔物が発生するため、この国の防衛についても学ぶ。

午前中に座学で様々な知識を学び、午後の授業では魔法に関しての座学や、実技。

先日の魔力制御の訓練は実技となる。三年目に初めて魔力の制御を学ぶのには理由があった。

まだ大人になる前の未発達な体で、魔力を放出しすぎると、思わぬ事故が起きる可能性があるからだ。それに体の成長に悪影響を与える。

そのため、体が大人に近くなる学園の三年目に、魔力の操作方法を学び、実践して身に付ける。

それができなければ、卒業後に魔法に関わる仕事に就くことは不可能だ。

エレフィナは午前中に学んだ内容を昼食時に復習するため、配られた資料を手早く纏めた。

学園生活の残り時間は少ない。学生としてしっかり学べる時間は限られているから、できるだけ有意義な時間を過ごしたい。

午前中の授業が全て終わると、エレフィナは纏めた資料を手に、バスケットを抱え素早く席を立った。

（集中出来る場所。そうだわ、先週の非常階段へ行きましょう……！）

午前中に、あの二人が戻ってくることはなかった。

それほど具合が悪いのだろうか？　と一瞬だけ考えてしまったが、静かで大変助かりますわね、とさっさと頭の中から追い出した。


人通りの少ない廊下を通って非常階段を目指す。

廊下の先の角を曲がると、非常階段に出る。非常階段は外に面していて、そこからは庭園を眺めることができる。

自然豊かで、癒されるいい場所である。

寒い冬や、暑さの厳しい夏には避けたいが、本格的に寒くなる前の、今の時期には丁度いい。

廊下の角を曲がったエレフィナの目に、ぐったりと項垂れる男の後ろ姿が飛び込んできた。

先日学園で会い、そして報告のため、公爵家にも訪れたアルヴィスだ。

「え、アルヴィス様……？」

エレフィナはついアルヴィスの名を口にしてしまった。

するとアルヴィスが弾かれたように振り向いた。その顔には、疲労が色濃く表れている。

「あぁ、エレフィナ嬢。無事だったか」

へらり、と笑いつつ、アルヴィスが軽く手を上げた。

「アルヴィス様、ごきげんよう。無事、とは？　何かございましたの？」

「ああ、いや……、何もないならいい……」

エレフィナはげっそりした表情のアルヴィスを心配して声をかけるが、アルヴィスは説明したくないのか、不快感をあらわにしてぐっと眉を寄せ、溜息をついた。

「もしかして、先日のお話以上の大事が起こりましたの？　それで、アルヴィス様も奔走していらっしゃる？」

「あー……違うんだ、ちょっと待ってくれ。遮断する」

アルヴィスはそう言うやいなや、エレフィナと自分を覆うように魔力の波を放出した。

「どこで誰が聞いているか分からないからな。念のため、音が外に漏れないようにしておく」

「も、申し訳ありません、不用意に話す内容ではございませんでしたね」

しゅんと肩を落とすエレフィナに、アルヴィスは微笑み緩く首を横に振る。

何と伝えようか、と悩んでいる様子のアルヴィスを横目で気にしつつ、エレフィナはそろそろと階段に腰を下ろし、昼食を広げ始めた。

またアルヴィスに会うかもしれない、と料理長に少し多めに作ってもらったのだ。

成人男性が満足できる量は用意できなかったが、夕食の時間までであれば持つだろう。

（べ、別に私は一緒に昼食を食べたい、なんて考えていませんでしたけどね……！　また私の分を食べられてしまったら、お腹が満たされませんもの！　だから、ちょっとだけ多めに用意してもらっただけ！）

別に違いますもの！　と、エレフィナがぶんぶん首を振っていると、アルヴィスは不思議そうに口を開いた。

「まあ、先日のあの件に関しては概ね大丈夫だ。公爵家が動き出したお陰で、王家も腰を上げコンラット殿下の処遇について考え始めている。状況も把握しただろうし……問題なのは、公爵家の怒りを買ってしまったことだ。国防も外交も、公爵家の力が大きい。この国に嫌気がさして隣国に引っこ抜かれたら、と大慌てだ」

ひょい、と肩を竦めて告げるアルヴィスにエレフィナも苦笑いを浮かべる。

「まあ……それはそうですわね……」

「問題は、当人たちだな。事の重大性をまったく理解しないまま、今日も好き放題やっている。コンラット殿下も、ラビナ・ビビットもこのままいけば終わりだ」

好き放題やっている、とは朝から授業を休んでいることだろうか。

具合の悪くなったラビナをコンラットが介抱していると聞いたが、もしかしたら仮病なのかもしれない。

「ラビナさんは、朝から具合が悪いと言って授業を休んでらっしゃいますが、まさか仮病でしたの？」

「……エレフィナ嬢は真っ直ぐで素直だな」

生ぬるい視線を向けられ、エレフィナは自分の考えが当たっていたことに憤りを覚える。

貴重な学園生活を、授業を何だと思っているのだろうか。

貴族に生まれたというだけで、自分たちは平民より高度な教育を与えられているのに。

平民には、たとえ魔力を持って生まれても学ぶ術がないのだ。必死に国のために働き、税を納めてくれる国民のためにも、貴族の子供たちは質のいい教育を受けて、自分の領民や国民のため、知識や財力を使い豊かで住みやすい国にするのだ。

貴族の責務を全うしようとせず、恵まれた環境にあることに気付きもせず、与えられた権利を当然のように享受する。

「……私は、絶対にそんな貴族や王族を許しませんわ」

「そうだな。この学園にいる学生たちは、甘っちょろい。自分がどうしてこの学園に通っているのか、考えていない。だから、こんなことになるんだろうよ」

吐き捨てるようなアルヴィスの口調にエレフィナは驚いた。飄々《ひょうひょう》としていて、不真面目な男ではあったが、これほど感情を露わにした姿を見るのは初めてだった。

エレフィナがびくり、と肩を震わせたことに気が付いたのだろう、「悪い」と言うようにアルヴィスが眉を下げ、エレフィナは肩の力を抜いた。

「……その、こ、ここの学生たちは駄目ですわね……一年目の子たちはまだ軌道修正できるかもしれませんが、二年目、三年目の方々は……」

エレフィナが口ごもると、アルヴィスは苦笑したままはっきりと口にした。

「――適切に対処《たいしょ》してくださるさ」

先程の苛立ちは収めた様子のアルヴィスだったが、その表情はまだ憂いをまとっている。エレフィナはまだ何かありますの？　と眉をひそめた。

「んー……あー……、いや、これが一番起きたらまずいんだが。その、コンラット殿下と、ラビナ・ビビットの間に子ができてしまったら、最悪だ」

「――っ！」

この国には第一王子の王太子がいる。

だが、彼にまだ子はない。なのに、先に第二王子の子が生まれてしまったら。

ラビナがただの愛妾であればよかったのだが、学園でコンラットが宣言してしまったのが良くない。

正式な手続きを踏んではいないが、エレフィナと婚約を破棄して、ラビナと婚約を結び直し将来の王子妃とする、と宣言してしまったのだ。しかも学園の生徒たちに証人になれとまで言っている。

学生とはいえ、王族の言葉は重い。

もし、ラビナとの間に子ができたら、争いの火種となってしまう。

御しやすい第二王子を担ぎあげ、傀儡にして国の実権を得ようとする者たちだっているのだ。

「――それなのに、あいつらっ！」

忌々しそうにアルヴィスは低く唸った。

アルヴィスは、聞いてしまったのだ。

コンラットに介抱されているラビナの様子を確認しに行ってしまった。

何か良からぬことでも考えていないか、と室内の様子を探ろうとして、何が行われているか知ってしまった。

すぐさまその場を離れたが、こんな場所で、この国の王族が国の未来を危険に晒す愚行を犯している事実に吐き気すら覚えた。

「ラビナ・ビビットは本当に何を考えているんだ……、コンラット殿下も、だ！　あの二人は国をめちゃくちゃにする気か……！」

コンラット第二王子と、ラビナ・ビビット。

彼らはいつから、ここまでやっかいな人物になってしまったのだろうか。

（考えても仕方のないことですけれど……）

アルヴィスが額に手を当て溜息をついている姿を見て、アルヴィスもあの二人のそういった場面に出くわしてしまったのか、とエレフィナは気まずそうに顔を逸らした。

「アルヴィス様、今はあれこれ考えても仕方ないですわ。私の家の者が、昼食を多めに作ってしまったみたいですの。残すのも忍びないので……一緒に食べてくださると嬉しいですわ」

「ん？　あ、ああ」

キョトン、とした表情でアルヴィスがエレフィナに視線を向ける。

大変なことが起きそうな時に、呑気に昼食か？　という雰囲気が隠せていない。

アルヴィスの視線には反応せず、エレフィナは勝気に微笑み、バスケットの中身がよく見えるように差し出す。

「我が家の料理長が作るサンドイッチはとても美味しいのです、おひとついかがです？」

「……動じていないな、エレフィナ嬢。あの二人がああなのは把握済か？」

「ええ、まぁ。確かにお子ができてしまったら大変ですが……明日生まれるということではありませんもの。今慌てても仕方ありませんわ」

「――っ」

アルヴィスは、エレフィナの綺麗な笑顔に底知れない恐ろしさを感じ、ゾッとした。

本当に、そう思っているのだろうか。

（公爵令嬢が？）

そんな筈はない、とアルヴィスはすぐに自分の考えを否定した。

エレフィナ・ハフディアーノは、この国の筆頭公爵家の娘だ。

あの一癖も二癖もある友人、エヴァンが可愛がる妹であり、二人の父はこの国で「曲者公爵」と呼ばれている男である。

アルヴィスが微動だにせず、自分を凝視しているので、エレフィナは首を傾げ、「お食べになりませんの？」と朗らかに笑った。

「いや、いただく……」

「それでしたら、どうぞ」

厄介なのは現公爵とエヴァンだけだと思っていたが、エレフィナも「曲者公爵」の血をたしかに受け継いでいる。

今後の公爵家の動きには要注意だ、とアルヴィスは一人嘆息した。

第二王子はもちろんのこと、ラビナ・ビビット、そして学園の生徒たち……エレフィナに牙を向いた者は、誰一人無事ではすまないだろう。公爵家がどう動くのかアルヴィスには分からないが、半年後間違いなくこの国は大きく揺らぐことになるに違いない。

アルヴィスはそう考えながら、エレフィナから分けてもらったサンドイッチを口に運んだ。


昼休みがもうすぐ終わるので、アルヴィスとエレフィナはバスケットを片づけ始める。

午後は魔法の発現について、講師のアルヴィスに指南してもらう授業だ。

アルヴィスを気に入っているラビナ・ビビットは、もしかしたら仮病をやめて午後の授業には出てくるかもしれない。

また何か仕掛けてくる可能性を考えて、アルヴィスはエレフィナからバスケットを取り上げ、教室へ歩き出した。

「あっ、アルヴィス様！　バスケットは私が持ちますわ！」

「昼食をご馳走してもらった上、女性に大きなバスケットを持って歩かせるのはさすがに……」

「べ、別にご馳走した訳では……！　その、残してしまうのは申し訳なかったので、アルヴィス様に食べていただいただけです！」

「そうかそうか、そういうことにしておこう。時にエレフィナ嬢、渡した物は身につけているか？」

からかい混じりのアルヴィスの言葉を聞き、エレフィナはどきり、と心臓が跳ねるのを自覚した。

先日、アルヴィスから魔道具を渡された際、なんだか擽ったいような、気恥ずかしいような、奇妙な雰囲気になってしまって。エレフィナはアルヴィスと会った時、あえてその話には触れなかった。

（だって、恥ずかしいんですもの……）

エレフィナは視線を泳がせつつ、言葉を返す。

「え、ええっ、もちろんですわ！」

「あぁ、うん。本当だな、ありがとう」

アルヴィスもどこか気まずそうに、エレフィナから視線を外した。がしがしと頭をかきながら、口を開いては閉じ、閉じては開き、を繰り返している。

何だか変な雰囲気になってしまった、と二人は言葉少なに廊下を進む。

「そ、そう言えば！　アルヴィス様は私と行動を共にしていて大丈夫なのでしょうか？　一人の生徒を贔屓《ひいき》していたら、何か言われてしまうのでは？」

「それは大丈夫だ。学園長を筆頭に、講師陣にもこの学園の現状はそれとなく伝えてある。それに、エレフィナ嬢が生徒たちに文句を言われるのは、今更だろう？」

「まぁ、そうですわね」

「それに、こうやって俺がエレフィナ嬢にべったり張り付いていれば、何があっても守れるだろう？」

アルヴィスはちらり、とエレフィナを見て「じゃないと、俺がここに来た意味がない」とはにかんだ。

「俺の最優先事項は、この学園での情報収集と、エレフィナ嬢を守ること。……まぁこの件に関しては、命令されなくてもやるが」

至極当然というように話すアルヴィスに、エレフィナは頬を染めた。

「あ、あら。でもアルヴィス様が講師としていらっしゃるのは週に数回ではなくて？　私は学園に毎日通いますから、難しいのでは？」

「授業がなくとも毎日来るさ。じゃないと君を守りきれない」

真っ直ぐにエレフィナを見つめ、真剣な声音のアルヴィスに、エレフィナは首まで真っ赤になった。

（こっ、この前まではあんな態度でしたのに……！　これはずるいですわ……っ）

少女趣味をからかってきたアルヴィスと、今の真剣さとのギャップに、エレフィナはくらり、と目眩を覚える。

アルヴィスに振り回されている自分が馬鹿みたいだ。

不思議そうにこちらを見つめるアルヴィスに、エレフィナは真っ赤なまま、「光栄ですわ」となんとか返事を絞り出した。


教室に戻った後。午後の授業のため、実技棟に向かったエレフィナは、コンラットとラビナの姿を見つけて、贈られたイヤリングに無意識に触れた。

「あっ！　アルヴィスさまぁっ！」

実技棟にやって来たアルヴィスを見るやいなや、ラビナは笑顔で駆け寄っていく。

ラビナの側にべったりと張り付いていたコンラットは不貞腐れたような表情でラビナの後を追い、少し離れたところで立ち止まった。

「この間はごめんなさい。私、あんな大事になるとは思わなくって……とても反省しているんです……」

うるうる、と瞳を潤ませ、だから許して？　とでも言うように小首を傾げるラビナにアルヴィスは溜息をついた。

周囲の生徒たちは、皆ラビナに同情的な視線を向けている。

ラビナに責任はない、一人の生徒をそこまで追及するのは可哀想じゃないか、という非難めいた空気を感じ、アルヴィスはうんざりしていた。

「……判断するのは、俺ではなく学園長だ。授業を始めたい、もういいか？」

低く冷たい声で告げられたラビナは、きゅっと唇を引き結び、表情を曇らせ無理に笑顔を浮かべる。

傍からは「痛々しい笑顔」に見えるのだろうと、アルヴィスは内心で舌を巻いた。

生徒たちに、しっかり「可哀想な自分」を印象付けている。

だが、そこには計算して作られた表情特有のほんの僅かな不自然さがある。

その違和感に気付けば、簡単に綻びが見えてきて、表面上だけ繕っている部分や、打算的な視線と声色、表情、そして態度から「計算高い女」だとわかる。

（……見た目が可愛らしい令嬢の、こんな態度をずっと見せられたら、学生たちが信じるのも無理はない、か）

大人なら、その場しのぎの演技に違和感を覚えるだろう。

ラビナがこれほどやりたい放題できるのは、学園の「生徒は平等」という校風が悪い方向に効果を発揮しているのと、ラビナの計算高さゆえだろう。

この校風は、ラビナには追い風となり、エレフィナには向かい風になってしまった。平等とは耳触りのいい言葉だが、時に目を曇らせる。

アルヴィスはこの校風も善し悪しだな、と、未だに何か喋っているラビナを放って、今日の授業について話し始めた。

アルヴィスとラビナ、二人のやり取りを離れた場所から眺めていたエレフィナは、ラビナを擁護している生徒たちの顔を、ゆっくり確認していた。

授業の説明中も、アルヴィスの近くには、常にラビナが陣取っている。コンラットは面白くなさそうに表情を歪めていた。

アルヴィスに執着するラビナを見て、エレフィナは先日公爵家でアルヴィスが話していたことを思い出す。

アルヴィスほどの力を持った人間を味方につけたら、大きな実行力を手に入れることになる。そうなれば、あちら側に流れる家も多いだろう。

下手をすれば、国が二分されてしまう。

（まさか、それすら計算して……？）

そのために、三年かけてじっくり地盤を作っていたとでもいうのだろうか。

もしそれが本当なのであれば、ラビナ・ビビットは恐ろしい女だ。

馬鹿なふりをして権力に近付き、次は強い力を持つ魔術師団の副団長という実行力を手に入れようというのか。

どれほど綿密な計画を立てていたのだろうか。もしかして、エレフィナから婚約者を奪い孤立させ、兄と仲の良いアルヴィスを引っ張り出し、手中に収めるという計画だったのだろうか。

（な、なんという遠大な計画なのかしら……！　きっとお兄様の交友関係も調べていたのですわ……！　ま、まんまと嵌ってしまいました、あとでアルヴィス様に伝えないと！）

アルヴィスはコロコロと表情を変えるエレフィナを見て、呆れ笑いを浮かべた。

「……また変な想像をしているな」

エレフィナの思考を読み取ったアルヴィスは、あとでからかってやろう、と笑う。

ラビナ・ビビットは恐らく計算高いだけのただの女だ。

エレフィナに対する憎悪や執着は、背筋が凍るほどの恐ろしいが、綿密な工作ができるような人間ではない。

アルヴィスからすれば、考え方は幼稚で浅はか。詰めも甘い。

恐らく、ただ単にコンラットが欲しかったのだろう。だからエレフィナの悪評を流し、周りを味方につけ、コンラットを手に入れた。

（これだったらいくらでもやりようはある。……裏に他の人間がいなければ、な）

アルヴィスは今後の身の振り方を考えつつ、エレフィナの守り方と公爵家の今後の動きを確認しよう、と決めた。

公爵家の動きによっては、この国の情勢がひっくり返る可能性がある。そちらの方が恐ろしい。

アルヴィスは、エレフィナの父エドゥアルドと、兄であり自分の親友でもあるエヴァン、この二人だけは敵に回してはならない、と知っている。


アルヴィスの授業が終わり、エレフィナは先ほど考えたラビナの危険性をアルヴィスに伝えようと機会を窺っていた。だが、授業が終わった後もラビナがべったりアルヴィスに纏わりついているため、中々話しかける隙がない。

（あぁ、もう！　これも全てラビナさんの作戦の内ですの？　怖い人ですわ！）

アルヴィスに邪険に扱われても纏わり続ける執拗な態度に、エレフィナは底知れない恐ろしさを覚える。

そわそわとアルヴィスの様子を窺うエレフィナにアルヴィスも気付いていたが、ラビナを下手に刺激してエレフィナを攻撃されてはたまったものじゃない。

ラビナを適当にあしらいつつ、アルヴィスはコンラットに声をかける。

「もう授業は終わった。彼女を連れて行ってくれないか？　殿下の婚約者殿だろう？」

「き、貴様に言われるまでもない！」

コンラットは悔しさで顔を赤く染めながら必死にラビナの関心を自分に向けようとしているが、周囲の学園生はなぜか健気なラビナを応援しようとしている。

令嬢たちはアルヴィスに焦がれる視線を向けつつ、ラビナには敵わない、と諦めているようだ。

エレフィナはこっそり周囲を確認し、家名と顔を覚えていく。

「……？」

ふ、と視線を感じて顔を上げると、アルヴィスと視線が絡んだ。

アルヴィスはエレフィナをじっと見つめた後、何もなかったように視線を外し、再度授業の終わりを告げ、ラビナを振り切り実技棟から出ていった。

(何でしたの……？　何か、伝えたいことでもあるのかしら……？)

エレフィナはしばし考え込み、アルヴィスを追って自らも実技棟を後にした。


「――あら？　いませんわね……」

実技棟を出たエレフィナは左右の廊下の先にアルヴィスの姿を捜した。だが、彼は忽然と姿を消しており、キョロキョロと周囲を見渡す。

このままこの場所にいたら、ラビナとコンラットに捕まってしまうかもしれない。

アルヴィスはきっと先に行ってしまったのだろう、と考え、教室に戻ることに決めた。

「何かお話があるような感じでしたが……私の気のせいかしら？」

べた。

「いや、気のせいじゃないな」

「ひゃあ！」

独り言に返事があったことに驚き、エレフィナは悲鳴を上げた。階段に続く壁に背を預けたアルヴィスは、エレフィナの悲鳴を聞いて何とも言えない表情を浮かべた。

「少し話したい。非常階段へ転移する、こちらに」

「あっ、わかりましたわ！」

このような目立つ場所で誰かに見られたら面倒だ。

アルヴィスは階段にエレフィナを促し、そのまま階下に向かう。

しばらく歩いてぴたりと足を止めたアルヴィスは、くるりと振り返った。

「この辺りでいいだろう。エレフィナ嬢、近くに寄ってくれ」

「わかりましたわ、――えっ」

素直に近付いてくるエレフィナに、アルヴィスは一瞬苦笑を浮かべた。だがそれも一瞬で、エレフィナの腰に腕を回し、ぐっと自分に引き寄せ転移魔法を発動した。

（わ、近い近いっ、近いですわ――っ！）

ぶわり、とアルヴィスの魔力に包まれた瞬間、一層強く抱きしめられ、エレフィナはぼっ、と頬を真っ赤に染める。

以前は密着しなくても転移していたのに、どうして――と考えた時、視界が真っ白に染まり、エレフィナはぎゅっと瞼を閉じた。

先日と同じような浮遊感。

そのすぐ後にアルヴィスの「着いたぞ」という声がして、エレフィナは固く閉じていた瞼を開く。

「あ、ありがとうございます！」

「どういたしまして」

エレフィナはしがみついていたアルヴィスからぱっと離れた。

真っ赤に染まった頬を隠すように背を向け、非常階段のいつもの場所に逃げるように駆けていく。

これくらいのことで赤くなるからアルヴィスにからかわれてしまうのだ。

エレフィナはすぐに赤くなってしまう自分の頬を抓りたい衝動に駆られた。

アルヴィスを前にすると、「公爵令嬢」の仮面を被れない。

自分の性格がバレてしまっているからだろうか。いや、違う気がする。

いつもの自分であれば、ここまで心を揺さぶられないし、動揺だってしない。自分は感情の機微に疎いのだ、と思っていたのに。

それなのに。

アルヴィスにはいとも容易《たやす》く感情を揺さぶられてしまうのがとても悔しい。

エレフィナはキッと目尻を吊り上げ、勢いよくアルヴィスを振り向く。

「これ以上揺さぶられてたまるもんですか！」

「……うん？」

エレフィナの不可解な言葉に、アルヴィスは僅かに首を傾げ、「まあ座りなさいよ」と、胸元からハンカチを取り出して階段に広げた。

エレフィナは礼を告げ、大人しく座った。アルヴィスも隣に腰を下ろし、口を開いた。

「今日、ラビナ・ビビットを観察していて得た感想なんだが……」

「？　はい」

「あれはただの馬鹿だろう」

「っえ？」

エレフィナはアルヴィスの明け透けな物言いにぽかん、とした。

それに、自分の考えとアルヴィスの考えは全く違っていた。

「そ、そうなのですか？　その、私は綿密な計画を立てる怖い女性だと思ったのですが」

「やっぱりな。なんとなくエレフィナ嬢はそう考えているのだろうと思った。だが、俺はただの浅はかで、幼稚な子供という印象を強く抱いた」

それで、とアルヴィスは言葉を続ける。

「公爵家は、どう動くつもりだ？」

「……私にも、お父様とお兄様の考えは読めませんわ。けれど最近、お二人は隣国のスロベスト王国と連絡を取り合っているように思います」

「……は？　スロベストと？」

「えぇ。我が家は、隣国と強い繋がりがありますので」

「ま、待て待て待て……俺が考えているより、派手に動いていないか？　だ、大丈夫か公爵とエヴァンは……？」

「私もびっくりしましたが、まぁ、その……大事になるかも？　しれませんわね？」

困ったように笑いながら軽く答えるエレフィナに、アルヴィスはくらり、と目眩を覚えた。

あの二人の溺愛ぶりを、舐めていたのかもしれない。

あの日、表面上は冷静に話していたが、公爵は相当腹に据えかねていたのだろう。コンラットを完膚なきまで叩き潰すつもりだ。

公爵家の力だけでは、王家に弓を引くことは難しい。やってやれないことはないだろうが、確実に遂行するため、隣国を引っ張りだそうとしているのだ。

やはりこの国で一番恐ろしいのはハフディアーノ公爵家だ、とアルヴィスは毒づいた。

エレフィナはぴくり、と眉を寄せてアルヴィスに向き直る。

「まぁ、アルヴィス様失礼ですわ！　我が家は至極真っ当に、罪人を罰するため、動いておりますのよ。恐ろしいなんてとんでもない！　罪人には当然の結果です」

ぷりぷり怒り、ふん！　と顔を逸らすエレフィナに、アルヴィスは困ったように笑った。

エレフィナの柔らかなアッシュグレーの髪の毛を自分の指に絡めて遊ぶ。

つん、と髪の毛が引かれる感触を不思議に思い、エレフィナはアルヴィスに視線を戻した。

「――っ！　な、何を？　アルヴィス様、お離しください！」

「なぁ、エレフィナ嬢はこれからどうするつもりだ？　まさか、エレフィナ嬢も何かしようとしているのか？」

手を離して！　という訴えを聞き流しつつ、アルヴィスは髪をもてあそぶ。

「ア、アルヴィス様には、関係ございませんっ」

「……へーえ？　ふうん」

ぷいっとそっぽを向くエレフィナに、アルヴィスは面白くなさそうに、仕方ないなと呟いた。

やっと手を離してくださるのかしら？　とエレフィナが表情を明るくすると、アルヴィスは目を細めて艶っぽく微笑む。そして指先で遊んでいたエレフィナの髪の毛を優しく掴んだ。

「え？」

エレフィナを視線で捉えながら、アルヴィスは手のひらを恭しく持ち上げる。さらさらと零れ落ちるエレフィナの髪に、唇を寄せた。

「ひゃあっ！」

「っと……」

どこか色を含んだアルヴィスの視線と行動に、エレフィナは真っ赤な顔で情けない悲鳴を上げ、アルヴィスから離れようと大きく仰け反った。

その拍子に、アルヴィスの手から自分の髪が零れてほっとしたのも束の間、――ぐらり、と体のバランスを崩し、大きく傾いた。

「……っ！」

階段に座っていたことを忘れていたエレフィナは、「落ちる！」と衝撃に備えてぎゅっと目をつぶって体を固くする。

瞬間、腕を強く掴まれその勢いのまま引き寄せられた。

「あぶな……俺が悪かったから、ここで暴れてくれるなよ」

「……っ、は、い」

アルヴィスは焦り交じりの声音で謝罪を口にした後、細く息を吐き出した。

「あ、ありがとうございます……」

エレフィナも何とかお礼を言うが、アルヴィスの腕の中にいるという状況に、頬から熱が引かない。

エレフィナの腰にアルヴィスの腕が巻き付き、力強く抱き寄せられている。微動だにできない中、エレフィナはもぞもぞと体を動かした。

「あ、あの、そろそろ離してくださいませ……」

「ん？　ああ、どうしようか」

蚊の鳴くような声でエレフィナは「離して」と懇願するが、アルヴィスは楽しそうな声音で渋る。

「また私をからかって！」と、エレフィナはアルヴィスの腕をぺしぺし叩いたが、腕の力はさらに強まったように感じる。

さすがにからかいが過ぎる、とアルヴィスを振り返って半眼で睨んだ。

「離してほしいか？」

「ええ、とても。早急に離していただきたいですわ」

エレフィナは間髪容れずに答えたが、アルヴィスはにんまり口端を持ち上げた。

「だったら、エレフィナ嬢が計画していることを話してくれ。そうすれば、抱きしめるのをやめる」

簡単だろう？　と笑顔で告げられ、エレフィナはぐぅっと唸った。

自分の計画を、家族以外の誰にも知られたくない。

万が一、情報が漏れてしまったら。自分の計画が知られてしまったら。

エレフィナは家族以外に企てを知られたくなかった。

「——どうしても、お話ししなければいけませんの？」

エレフィナの声には、不安が滲んでいる。

家族以外の人間に伝えることへの恐れ、情報が漏れてしまった際の計画の失敗への恐れ。

そして、家族以外を信用することへの恐れ。

そんな様々な恐れを瞳に宿し、エレフィナは真っ直ぐアルヴィスを見つめる。アルヴィスも真剣な表情で見つめ返す。

「今すぐ俺を信じろ、とは言わない。エレフィナ嬢の置かれていた状況を鑑みれば、簡単に人を信じたくないのもわかる。……だが、俺は君を守るために、君の考えを知っておきたい」

「……ええ」

「全部は話さなくていい。話せる範囲でいいし、今後エレフィナ嬢が話してもいい、と思った時に教えてくれてもいい。守るために、エレフィナ嬢の行動を知りたい、知っておきたい」

アルヴィスの真剣な言葉に、エレフィナは俯いた。そして、自分を抱きしめるアルヴィスの腕に手のひらを重ねる。

アルヴィスの服の裾をきゅっ、と握り、エレフィナは顔を上げた。アルヴィスを真っ直ぐ見つめ返す。

「わかりましたわ……全ては難しいですが、お話しいたします」

「ありがとう、エレフィナ嬢」

アルヴィスは周囲に改めて強固な防音と幻覚の魔法を張り直す。これで外部に話が漏れることは決してない、とエレフィナに伝えた。

話し終わるまで拘束を解く気はないらしく、アルヴィスはエレフィナを腕に抱き込んだまま話すように促した。

エレフィナは観念したようにアルヴィスに背中を預け、緊張しながら話し始めた。

「……まずは、コンラット殿下とラビナさんに与する伯爵家以上の四名を、学園から排除いたします」

「排除……っ、学園を卒業させないつもりか？」

過激な言葉に、アルヴィスは驚きの声を上げる。

エレフィナの顔を覗き込むと、エレフィナはアルヴィスの瞳をしっかり見つめ返し、強く頷いた。

アルヴィスはエレフィナがすでに動き出していることを察した。

「いつから決めていたんだ？」

「そうですわね……二年目に何度かご注意申し上げたのですが、聞き入れてくださらなかったので、三年目に入って切り捨てましたわ」

エレフィナが今までどんな生活をしていたのか、淡々とした声音から想像できて苦しくなった。

切り捨てる、と簡単に言ったエレフィナは、どんな気持ちでその判断を下したのだろうか。

その判断に至るまで、どんな気持ちで学園生活を送っていたのか。

周りの大人たちは、どうしてこの少女に手を差し伸べなかったのだろうか。

アルヴィスはぐっと奥歯を噛み、抱き締める腕に力を込めた。

「アルヴィス様？」

「……」

ぎゅうぎゅうと抱き締める力が強くなるばかりで、何も言葉を発しないアルヴィスにエレフィナは困惑する。

「あの、わかってくださったなら、離して――」

「……君はどれだけけっ」

エレフィナの言葉に被せるように、アルヴィスは悲痛な声を上げた。

「君はこの決断をするために、どれだけ辛い思いをしたんだ……」

「――っ」

いくら公爵家の人間とはいえ、エレフィナはまだ成人前の子供だ。

本来守られる立場の子供が辛い環境に身を置き、そして非情な決断を下すためにどれだけ思い悩んだか。

庇護下に置かれるべき彼女が、一体どれだけ自分の感情を押し殺して辛い決断をしたのか。

「この学園に通う奴らも、あの馬鹿共を野放しにしていた王家にも、怒りしか沸かない」

「……っ、ふ、不敬にあたりますわよ」

それにお口が悪いです、とエレフィナが零すと、アルヴィスは素っ気なく返す。

「そんなもの、どうだっていい。ここは防音魔法の結界の中だし、それにプラスして幻覚魔法もかけた。誰にも聞かれないし、見られない」

アルヴィスは唸るように言葉を吐き出し、エレフィナの肩に額をぐりぐりと押し付けた。

「ちょ、アルヴィス様」

「……エレフィナ嬢は、どうして学園での仕打ちをもっと早く家族に相談しなかったんだ？　手が打てたかもしれないのに……」

「それだけはしたくなかったのです。学園内の揉め事すら解決できない者が、将来王子妃になんてなれませんでしょう？」

まぁ、その未来はなくなりましたけど。

明るく言い放つエレフィナに、アルヴィスはまた苦しくなる。

どれだけ心細かっただろうか。

自分の周りから、信頼していた者たちが離れていく。

いくら心の中で訣別を告げたとしても、その後も生徒たちの対応は酷かっただろう。

その中で、公爵令嬢としての振る舞いを貫き通したエレフィナを思うと、アルヴィスは堪らない気持ちになる。

「エレフィナ嬢は強いな……」

「ふふ、実は三年生に上がった時にたくさん泣きましたの。あの日に弱い私は全て出し切りましたわ」

内緒ですわよ？　と悪戯が成功した幼子のように、エレフィナは楽しそうに笑った。

（そう……だから、もう自分のする事に罪悪感や後ろめたさは抱かない）

公爵家は、この国の国防と外交を司る、大事な役目を背負った家だ。国の害となる家は、早急に排除しなければいけない。

たとえ、それが昔は交流のあった家でも。

学園を卒業できず、退学になった者に今後輝かしい未来は望めないだろう。

魔法の基礎も学べず、貴族としての最低限のマナーもない人物だ、と失格の烙印を押される。

「コンラット殿下とラビナさんを擁護した、貴族社会に影響力のある四家の皆さんに、まずは退場していただきます。その内の三家の方はご嫡男ではないので、ご実家に戻った後は謹慎を言い渡されるでしょう。その際にご実家から再教育の機会を与えていただきます」

「……実家にも手回し済か」

アルヴィスの言葉をエレフィナは否定も肯定もせず、ただにこりと笑った。

「最後の一家、ここがご嫡男なので少し大変だと思うのですが……ご家族には血の滲む努力をしていただきますわ。何せ、お馬鹿さんなご嫡男を制御し切れなかったのですから。四家には、等しく中央の要職から退いていただき、辺境で国防の職に就いていていただきます」

ご子息の暴走を咎めなかったご実家にも、責はございますでしょう？　と朗らかに笑うエレフィナに、アルヴィスは無言で頷いた。

「この四家に退場していただいた後は、あのお二人を支持する者たちを学園から遠ざけますわ。今、画像認証に時間がかかっておりますが……卒業パーティーまでには全て終わるでしょう。支持者を少しずつ削り、二人を孤立させます。中立の立場で傍観していた他の方々にはどう手を打とうか……今、考え中ですの」

はっきりと決めているのはこれくらいですわね、満足しまして？　とエレフィナは笑顔で問うた。

「……不透明な部分もあるが、概ね理解した」

「ふふ、ありがとうございます。詳細はまだお父様にもお兄様にも話しておりませんので、今後は相談して決めますわ」

「本当にエレフィナ嬢は……俺が守る必要などなさそうだし、ほとんど自分でやってのけそうだ」

呆れたように笑うアルヴィスに、エレフィナは微笑む。

「……強く心を持たないと、挫けてしまいそうですから。それに、これくらいのことができない人間は、公爵家にはいられません。公爵家の恥ですわ」

「……俺の前でくらいは弱音吐いてもいいんだけどな？」

「結構ですわ。弱みに付け込んで、いかがわしいことをされそうです」

「はは、こんな風に？」

「ええ、早く離してくださいまし」

エレフィナの肩に額を乗せたまま、アルヴィスがぐりぐりと擦り付ける。

抱き締める腕の力も段々強くなってきている気がして、エレフィナは「もう充分でしょう？」という意味を込めてアルヴィスの腕を心持ち強くぺちり、と叩いた。

耳元でアルヴィスが笑った気配がする。

「ちっとも守らせてくれない」

「私、強いですもの」

「知ってる」

弱った姿を隠し、見せてくれないエレフィナに、アルヴィスはいつか絶対に頼らせてやる、と決めた。

「そ、そろそろ本当に離してくださいまし！」

真っ赤になって叫ぶエレフィナに苦笑して、アルヴィスはエレフィナの肩から顔を上げた。視線を合わせたまま、エレフィナに言い聞かせる。

「これだけは約束してくれ」

「……内容によりますわ」

つん、と可愛くない返事をしたエレフィナは、途端に「しまった」というような表情を浮かべた。

でも、これ以上優しくされたら泣き出してしまいそうで。だから、一刻も早くアルヴィスから離れたい一心で、可愛くない対応をしてしまう。

「昼休みには、必ずここで落ち合おう。公爵家の動きを確認しておきたい」

「……本当に毎日学園に来られますのね」

「？　当然だ、エレフィナ嬢を守ると言っただろう？」

当然のように話すアルヴィスに、エレフィナは薄らと頬を染め、了承した。

「……わかりましたわ。よろしくお願いいたします」

「ああ、こちらこそ」

アルヴィスはにこやかに答え、拘束していた腕をやっと離した。

腕の拘束がなくなった瞬間、エレフィナは寂しくなったが、その気持ちを否定するようにかぶりを振った。

「今日の授業は全て済みましたので、私はこれで……」

「教室に戻ってから帰宅するのか？」

「ええ、そうですけれど」

「……もうしばらくここで時間を潰していった方がいい。まだ生徒が残っている。敵しかいない中に、わざわざ戻らなくてもいいだろう」

心配するようなアルヴィスの言葉が擽ったかった。

人から心配されることに慣れていないのだろうとその表情から察し、アルヴィスはエレフィナの頭を乱暴に撫でる。

「……ちょ、やめてくださいませ……！」

「可愛い顔をして……っ」

アルヴィスの言葉はやめてくれと騒ぐエレフィナの声で掻き消され、聞こえていない。

無意識に零れた本音をエレフィナに聞かれずにすみ、安堵した。

可愛らしいのでついつい構ってしまうが、構いすぎればエレフィナは逃げるだろう。

アルヴィスは、焦りは禁物だと自分に言い聞かせ、話を続けた。

「教室に戻るなら、俺も一緒に行こう。コンラット殿下に絡まれそうだろう？」

「そうでしたわ……婚約破棄すると仰ったのに、なぜか近付いてくるのです。もう王家にも報告しておりますし、殿下が宣言なさったから両家の手続きは不要ですのに……」

心底わからない、といった表情のエレフィナに、アルヴィスは考える。

コンラットはエレフィナと婚約を破棄し、ラビナと新しく婚約を結び直すと宣言した。

周りの者たちに証人となれ、と言ったあの瞬間に、エレフィナとコンラットの婚約者としての縁は消えた。

それほど、王族による〝宣言〟の影響力は大きい。

（まさか、それすらもわかっていない。なんてことはない、よな……？）

アルヴィスは浮かんだ考えを否定する。

まさか、そこまで愚かではないはずだ。

（婚約破棄の宣言をしたのは殿下だ。それなのに、なぜ殿下はエレフィナ嬢に接触しようとしている……？　まさか、彼女が破棄の撤回を望んでいる、なんて浮かれた考えを抱いては……さすがにない、よな？）

自分はエレフィナに好かれていると勘違いしていたら、エレフィナが縋ってくるかもと考えているかもしれないが。

だが、撤回などできない。もうすでに縁は消滅しているのだから。


「……もう、誰もいないかしら？」

人気のなくなった廊下を歩きながら、エレフィナはポツリと呟く。

あれから、思いの外アルヴィスと話し込んでしまい、教室へ戻るのが遅れてしまった。

これでは邸に戻るのも、日が落ちた頃になるだろう。

自分の後ろを呑気についてくるアルヴィスに、ついついジトリとした目を向けてしまう。

「エヴァンお兄様が心配してしまいますわ……」

「問題ない」

「え……？　問題ないとは、どういう意味ですの……？」

あっけらかんとしたアルヴィスの返答を聞き、エレフィナは目を瞬いた。

「先ほど公爵家に連絡しておいた。遅くなるからエレフィナ嬢を邸まで送ると伝えてある。公爵の返事もあるから心配しないでくれ」

アルヴィスは胸元から公爵家の封蝋が押された手紙を取り出した。封蝋の紋章は確かに公爵家のものだ。

いつの間に連絡を、とエレフィナが驚いている間にアルヴィスは言葉を続けた。

「エヴァンからも、あの二人をしばらくは刺激しないようにと言われた。避けられるなら避けた方がいいな」

「……そうですの……、わかりましたわ。お兄様がそう仰るのであれば、従います」

「ああ、そうしてくれ。わざわざエレフィナ嬢自ら、危ない橋を渡らなくていい」

話している内に教室に到着し、そっと扉の陰から中を覗き見る。

他の生徒たちはすでに帰宅しているようで、室内には誰の姿もなかった。

ほっとしたエレフィナは、自分の机に向かう。アルヴィスは扉の横でエレフィナが出てくるのを待っているようだ。

待たせるのも申し訳ないので、エレフィナは急いで帰り支度をする。テキストや資料を自分の鞄に入れていると、かさり、と指先に何かが当たった。

「何でしょう……？」

指先に触れた小さな紙を机の中から引っ張り出す。

それは上質な封筒で、裏面にはささやかな金の装飾が施されていた。思い出さなくても分かる。

これは、王家が愛用している封筒だ。

送り主は、一人しかいない。

「……あらまあ」

お父様とお兄様に相談する事が増えてしまいましたね、とエレフィナは表情を曇らせた。

「エレフィナ嬢……？　何かあったのか？」

アルヴィスに訝しげに声をかけられ、エレフィナはハッとして振り返る。

エレフィナが手紙を掲げて見せると、アルヴィスは目を見開き、急ぎ足でやってきた。

「どうしましょう……コンラット殿下から、ですわよね」

「それは……そうだな。王族が使用している封筒だ。十中八九コンラット殿下からの手紙だろう」

どうする、ここで確認しておくか？

そう視線で問いかけるアルヴィスに答える。

「ええ、そうですわね。判断に困る内容でしたら、お父様とお兄様に相談いたしましょう」

「……そうだな。俺も公爵家に行く予定があるし、そうしよう」

目を合わせて頷き、エレフィナは封蝋をパキン、と割って開封する。

注意深く中を確認するが、中には紙しか入っていない。危険な物は同封されていないようなので、中から折りたたまれた手紙を出して広げる。

アルヴィスは個人宛の手紙を読まないように手紙から視線を外し、エレフィナの表情を観察する。

どうやら手紙の文章は短いようで、文字列を目で追っていたエレフィナはすぐにアルヴィスに視線を寄越した。

無言で手紙を差し出すので、「いいのか？」とアルヴィスが問うと、またしてもエレフィナは無言で頷いた。

（何が書かれていたんだ？）

渡された手紙に視線を落とし、短い文章に眉をひそめた。

「昼休み、来賓室で待つ。……か」

来賓室は、学園の生徒がほとんど通らない、奥まった場所にある。

先日のように生徒たちの前でエレフィナを糾弾するつもりはないようだ。

（だが……あそこは人気が少なすぎる）

そのような場所に女性一人で来い、と呼び出すコンラットに不信感が湧き上がる。

生徒たちは、まだ魔法を使えない。基礎を学んでいる最中で、自分を守る防御魔法も使うことができない。

コンラットの思惑が何であれ、エレフィナを一人で行かせる訳にはいかない。

「これはコンラット殿下からのお呼び出し、ということですよね？」

「そうだな、何を考えているのかはわからないが」

「王族の呼び出しを断ることはできませんし、応じるほかありませんね……」

エレフィナが不安そうにしていると、アルヴィスがコンラットにわからぬよう後をついていく、と言ってくれた。

コンラットが問題を起こそうとしても、それなら対処できるだろう。

「もちろん、アルヴィス様が守ってくださいますのよね？」

勝気に笑うエレフィナの頭に、アルヴィスは手のひらを乗せた。

「当たり前だろう、俺はそのためにここに来たんだからな」

公爵家に帰る馬車の中、エレフィナは所在無さげにしているアルヴィスに視線を向けた。送る、と言ってくれたアルヴィスは、馬車に誰もいないと知って、戸惑うように「侍女はいないのか」と悲鳴じみた声を上げたのだった。

エレフィナは学園への行き帰りに、侍女を伴わない。

万が一、道中何か起きても、御者は腕の立つ者だ。襲撃されたとしても御者が対応する。

それに、防御結界の張られたこの馬車内は、外よりも遥かに安全だ。

だが、物理的な危険はともかく、それ以外の心配事を抱いているアルヴィスは、エレフィナにじとりとした目を向けた。

「エレフィナ嬢……頼むからもう少し危機感を持ってくれ。婚約者でもなんでもない男女が、密室で二人きりという状況がよくないことはわかるだろう？」

「もちろんですわ。ですが、今さら学園の者たちに私の評判を落とされようと気にしませんし、アルヴィス様は危ない男性ではありませんから」

「……信頼してくれて嬉しいが、学園の生徒たち以外に目撃される可能性をだな……」

アルヴィスがぶつぶつ呟いていると、エレフィナは大丈夫ですわ！　と、嬉しそうに馬車の中に置かれていたテディベアを持ち上げた。

「お兄様が幻覚魔法をかけてくださっていて、この子が外からは侍女に見えるのです！」

「……外からそう見えても、実際は二人きりじゃないか……」

なんでそんな自慢げに瞳を輝かせるんだ、とアルヴィスは溜息をつく。思っていた以上に危機感がゆるゆるのエレフィナが心配になる。

兄の友人だからと言って、簡単に信用し過ぎだ。昼間のあれだって、もっと本気で嫌がって逃げ出さなくていいのか、とアルヴィスは内心頭を抱えた。

エレフィナは〝自分の味方〟を無条件に信用し過ぎていないだろうか。

アルヴィスはその信頼が嬉しいと同時に情けなくなった。

（こんな、手を伸ばせばすぐに触れられる距離で……こんな狭い場所で、押し倒されでもしてみろ……ろくに抵抗もできないだろうが……）

公爵家に到着したら、エヴァンに妹の危機管理能力の低さについて苦言を呈してやろう、とアルヴィスは決めた。


公爵家の門前で馬車が止まり、扉が開く。

アルヴィスは素早く降りて、エレフィナに手のひらを差し出した。

「ありがとうございます」

「どういたしまして。ご令嬢に手を差し出すのは、当然だろう？」

にやり、と笑うアルヴィスの手を借りて、エレフィナも地面に降り立つ。

「コンラット殿下のお手紙の件は、お父様とお兄様に報告しようかと思うのですが、アルヴィス様もそうするべきと思われますよね？」

「ああ、そうだな。公爵家が王家とどんなやり取りをしているかわからない今、勝手に判断するのは不味い。二人の意見を仰いだほうがいいだろう」

二人で話しながら邸前まで足を進めると、玄関に差しかかった所でアルヴィスがエレフィナに向き直る。

「……聞いておきたい。エレフィナ嬢はどこまでやるつもりだ？」

アルヴィスに真剣味を帯びた眼差しで問われ、エレフィナも表情を引き締め、背筋を伸ばして言い放つ。

「無論、最後までですわ」

「……わかった」

何を最後まで、とは明言されなかったが、アルヴィスは全てを悟った。

慈悲も、容赦もない。

不敬罪に問われないように口にしないだけで、公爵家は容赦なく動くつもりだろう。

そうでなければ、隣国まで引っ張り出す意味がない。

「さぁ。入りましょう、アルヴィス様」

「ああ」

アルヴィスが玄関の扉を開け、エレフィナと共に邸に足を踏み入れた。

するとまるで二人が帰ってくるのを待っていたかのように、エヴァンが微笑みを浮かべて待っていた。

「フィー、おかえり！　今日の学園はどうだった？」

「ただいま戻りました、お兄様。アルヴィス様のお陰で、穏やかに過ごせていますわ」

笑顔で会話をする二人の後ろを、アルヴィスは黙ってついていく。

溺愛している妹との会話を邪魔したら、エヴァンがどんな顔をするか理解しているアルヴィスは、二人のやり取りを黙って見守る。

「そうか、そうか。アルヴィスが学園に行ったかいがあるね。役に立っているみたいで安心したよ。本当は俺がフィーに付いていてやれれば良かったんだけど……」

「ふふ、ありがとうございます、エヴァンお兄様。そのお気持ちだけで嬉しいですわ」

「可愛いフィーのためなら、いくらでも学園の校則を変えてあげるからね」

権力と人脈を利用して本当にやってのけそうで、アルヴィスは顔を青くする。

(このままエヴァンが暴走したら、保護者同伴可能なんて校則を作りそうだ。もしくは、エレフィナ嬢のためだけの魔法教育施設を作ってしまいそうな勢いだ)

エレフィナが、もし途中で弱音を吐いていたら。

父親と兄に辛い、と気持ちを吐露していたら。

アルヴィスはぞっとして、口元が引き攣った。

「さぁ、フィー。いつものように夕食までここでお茶を楽しもう」

父上ももう少しで来るから、と言葉を続けたエヴァンは、そこで初めてアルヴィスに視線を向けた。

「アルヴィス、少し話がある。ああ、フィーはここにいてくれ。お茶を頼む」

エヴァンは扉付近に控えていたメイドに指示を出し、そのままアルヴィスを連れて扉から外へと出ていく。

アルヴィスは一瞬エレフィナに視線を向ける。すると、エレフィナとぱちり、と視線が絡み、てひらひらと手を振られた。早くエヴァンを追いかけろと言いたいのだろう。

軽く頷いたアルヴィスは扉の向こうに姿を消したエヴァンを追った。


どこまで行くのかと困惑しつつ、アルヴィスは前を歩くエヴァンに声をかける。

「おい、エヴァン。こんなにサロンから離れる必要があるのか？」

「ああ、フィーにはまだ聞かれたくない」

「……不味い話か？」

アルヴィスは背中に嫌な汗が伝うのを感じた。

サロンからある程度距離が離れたところで、エヴァンが足を止める。

あらかじめ人払いしていたのか、廊下には人の気配がまったくない。

「――あの女、思ったより厄介そうだ」

廊下の壁に背を預け、おもむろに話し始めたエヴァンに、アルヴィスはラビナ・ビビットのことか？　と返す。

「ああ。あの女、複数の男と関係を持っている。学園の教師や講師まで誑かして……その中で、どうしても一人、素性を洗えなかった男がいる」

「公爵家の暗部の追跡を逃れたということか？」

「そうだ。身のこなしからして同類だろう、と報告があった」

「何だと……？」

随分きな臭い話になってきた。

ただの、お馬鹿な二人の暴走による婚約破棄騒動ではないのか。

公爵家の暗部が調べたというのに素性がわからないとなると、相当危険な人物だ。

もしかしたら、国の上位貴族が雇った人物か。そうなると話は変わってくる。

どこかの貴族が国を掌握するためにラビナとその男を接触させ、第二王子を手中に収めようとしているのであれば、今後の動きを変更しなければいけない。

「どうする？」

アルヴィスの問いに、エヴァンは真剣な表情で答えた。

「……公爵家では、引き続きラビナとその男の関係を探る。その男の素性を洗わねば。それと同時に、スロベスト王国のシリル王女と繋がりを得るため、動く。隣国との繋がりを強固にしておかねばならない」

「……国が荒れた場合、敵国に攻め入られる可能性があるからか？」

「そうだ。アルヴィスも念頭に置いて動いてくれ。学園には変わらず犬を放っているが、今は十分な人数を学園に割けない。周辺諸国の動向を探るために大半を動かすから、フィーを頼む」

友人に真剣な表情で真っ直ぐに頼まれ、アルヴィスは迷いなく頷いた。

その後、アルヴィスはエレフィナがコンラット王子から呼び出しの手紙を受けた件を、エヴァンに伝える。

「今日の帰り、エレフィナ嬢宛にコンラット殿下から呼び出しの手紙が。場所は人気のない来賓室。おまけに一人で来い、とご丁寧に指定してくださっているが……どうする？」

エヴァンはしばし思案してから口を開いた。

「――あれ、はフィーの体に大層興味を持っている。女性として素晴らしく成長した、美しいフィーに昔から劣情を抱いている素振りはあった。……婚約破棄で傷付けた詫びだといって、体の関係を迫るかもしれんな、あれはそのことしか頭にない」

まるで発情期を迎えた猿のようだよ、とエヴァンが嘲笑う。

「それなら、エレフィナ嬢を向かわせるのは悪手だな。無視させるか？」

「――いや、待て。……アルヴィス、お前記憶操作は使えるか？」

エヴァンの突然の問いかけに、アルヴィスはぎょっと目を見開いた。

記憶操作は高度な精神干渉魔法だ。他人の精神に干渉する魔法は、国の法律で禁じられている。犯罪者やその予備軍の罪を暴く際に、特例として王家が使用を許可する。

それを王族に使え、というのか。

「ま、待て待て……！　一応使えるが、王家の許可もなく、しかもかける相手は王族だぞ？　さすがにできない！」

「……ならば、ハフディアーノ筆頭公爵家の当主たる父上から正式に依頼しよう。それならばやってくれるか？」

アルヴィスは低く呻く。

筆頭公爵家の当主からの依頼、となると話は変わってくる。そんな魔法が必要なほど、事態は深刻なのか。

王族に匹敵する権力が出てくるなら、アルヴィスが拒否することはできない。

「……それがハフディアーノ公爵のご意向ならば、従います……」

ぎり、と奥歯を噛み締め、アルヴィスは恨みがましく友人の瞳を見つめ返す。

「……まあ、アルヴィスの判断に任せる。ただの発情期の猿だった場合は、その場に乱入して止めてくれ。それ以外の、想定外の事柄が起きたら記憶操作を行ってくれ。後ほど、父から正式に依頼してもらうよ」

「わかった……想定外の中にラビナ・ビビットが含まれたら？　あの女、思っていたより魔法を理解しているぞ。交戦することになったらどうする？　やってしまっていいのか？」

「……そうだな、その時も記憶操作を行っても構わない。流石にアルヴィスの精神魔法に対抗する力はないだろう」

エヴァンは頷くと、話は終わりだと言うように手を叩き、重苦しくなった空気を霧散させた。緊張から解放されたアルヴィスは、無意識に握りしめた拳から力を抜いた。

（ハフディアーノ公爵も化け物だが、エヴァンもその血をしっかり受け継いでいる。親子揃って化け物だ）

普段のエヴァンは気さくだから忘れがちだが、相対しているこの男は公爵家を継ぐ男だ。ただのシスコンなんかではない。恐ろしい力を秘めた男なのだ。

国の防衛の要を担い、王家にも匹敵する力を持つこの家が、国を引っくり返す力があることを、アルヴィスは今一度自分の胸に刻み込んだ。

◇◆◇

その部屋は薄暗く、むわりと空気が澱んでいた。

女はむくりと上体を起こすと、隣で裸で寝ている男の顔を一瞥してつまらなそうに溜息をついた。

簡素なベッドから足を下ろし、下に散らばった衣服を身につける。

女の動く気配に反応したのか、男が背後で身動ぎするのが分かった。

「――もう帰るのか？」

色に濡れたその声に女はぶるりと体を震わせ、男ににこりと微笑みかけた。

「ええ、もうそろそろ戻らないと親が心配してしまうのです」

「そうか、もう夜になる、気を付けて帰れ」

女は甘えたようにはぁい、と答えると、男に近付き唇を合わせる。

「また、魔法を教えてくださいね、今度はもっともっと強いやつがいいです」

「……反動が起きたら面倒くさいからな、追々だ」

まずは制御を安定させろ、と男に背中を指先でなぞられて吐息を零す。衣服もろくに着ていない姿で撓垂れかかった。

「だって、邪魔な女を完全に消したいんですもの。今、新しく欲しい人も出来ちゃったし。早くそーゆう魔法を覚えたいんです」

「まあ、素質はあるし時期を見て、だ」

早くお戻り、と背を押す男に女は頬を膨らませると、身支度を整えた。

「じゃあ、またお願いします、カーネイルさま」

「ああ、またな。ラビナ」

女――ラビナ・ビビットはにんまりと笑み、足取り軽く扉を開けて出て行った。

パタン、と音を立てて閉じた部屋の中、男は口元を歪め、静かに笑った。

第四章

「フィー！　待たせてごめんね」

「エヴァンお兄様。大丈夫ですわ、お気になさらず」

エヴァンとアルヴィスは話を終えて、エレフィナが待っているサロンに戻ってきた。

サロンに戻るなり、エヴァンはエレフィナの隣に腰を下ろし、上機嫌に笑っている。

アルヴィスは先程の話を聞いてから上手く気持ちの切り替えができず、どんな顔でエレフィナと話せばいいのかわからなかった。無言でソファに腰を下ろし、冷めてしまった紅茶のカップを口に運ぶことで誤魔化す。

（とりあえずは明日のコンラット殿下の呼び出しにどう対処すればいいか考えよう。あれこれ同時進行で策を巡らせるのは公爵家に任せて、俺はただエレフィナ嬢を守ることに専念する）

当面の目標だけを決めておけばいい、とアルヴィスは紅茶を嚥下した。

アルヴィスとエヴァンがサロンにやって来てどれくらい経った頃か。

エドゥアルドが到着し、エレフィナの頭を撫でつつ、申し訳なさそうに謝罪した。

「待たせてすまないね。ラフラート副団長も、エレフィナを送ってくれてありがとう」

アルヴィスは慌ててとんでもございません、と答えた。

以前会った時よりも僅かに疲労感を滲ませるエドゥアルドに、やはり今現在公爵家はかつてないほどの忙しさに見舞われているのだな、と判断する。

エヴァンが話していた得体の知れない男がやはり鍵だろうか、とアルヴィスが考えていると、エドゥアルドが場所の移動を促した。

移動した先は、前回話をした時と同じ客間だ。エドゥアルドが口火を切る。

「皆、座ってくれ……今後の話をしておきたい」

重苦しい空気の中、エドゥアルドは言葉を続けた。

「……この度の一件に関わることのみ、私の判断で刑罰を下しても良い、と陛下から許諾をいただいた。範囲は『この騒動に関わる件のみ』ではあるが、これはとても大きい」

王印が押された封書をテーブルの上に載せ、エドゥアルドは腕を組んでしばし考えている。

アルヴィスは、これほど早く王家から許可をもぎ取るとは、とついつい口元を引き攣らせた。

「……だが、裁こうにも現状、証拠が弱い。私が権力を振りかざし、不当な行いをしたと貴族や国民に思われては、国内が荒れる。そうして誰かが第二王子を担ぎ上げたりしたら、他国に隙を見せることになる」

「では、やはりラビナ・ビビットの洗い直しですね」

エヴァンの言葉にエドゥアルドは「そうだ」と頷き、エレフィナとアルヴィスに視線を向けた。

「私たちはこれからスロベストと同盟を結ぶべく動く。ラビナ・ビビットの標的は、今も昔も変わらずエレフィナだ。……今はラフラート副団長にも興味を示している」

アルヴィスは不快感を隠しもせず、顔を歪めた。

「ラビナ・ビビットに関する全て、私が許可しよう。どうにか素性を洗ってもらいたい」

胸に手を当て、頭を下げるアルヴィスに倣い、エレフィナも「お任せくださいませ」と頭を下げた。

「仰せの通りに」

エドゥアルドは、言うなれば〝ラビナのことはお前たちに任せるから、ギリギリの所までやってくれ〟と命令しているのだ。

「……明日の殿下の呼び出しにも二人の判断で対応してくれ。殿下から何か聞き出せそうなら、何でもいいいから探ってきてくれ」

「……！　お父様もご存知だったのですね」

「ああ、報告を受けたよ。エレフィナを信じるから好きにやってみなさい。……ラフラート副団長、頼んだよ」

エドゥアルドは笑顔ではあるが、その目は笑っていない。アルヴィスは承知しました、と即座に頭を下げた。

話は終わりだ、と言って退出を促すエドゥアルドに再度頭を下げ、アルヴィスが足を踏み出した所でエドゥアルドから声をかけられた。

「ラフラート副団長」

「はい、何でしょうか」

姿勢を正し、エドゥアルドに向き直ると、エドゥアルドは砕けた様子でアルヴィスの隣に肩を並べた。

「……エヴァンから聞いていると思うが、きな臭い展開になるだろう。……沈黙を保っていた東の帝国が、最近軍備を整えている。タイミングが揃いすぎている」

「……そうですね、私もそう感じます」

「裏から手を回している者がいるな？」

「ええ、恐らく……」

「君も忙しいだろうが頼んだよ。ラビナ・ビビットを揺さぶってくれ」

「……っ、承知いたしました」

フィーに傷一つ付けたら駄目だよ？

と、本気だか冗談だかわからない言葉をかけられ、アルヴィスは乾いた笑いを零すしかなかった。

エレフィナは、アルヴィスを見送るため玄関まで一緒に歩いていた。明日のコンラット第二王子の呼び出しについて相談をする。

「お父様もああ言っておりましたし、明日のコンラット殿下の呼び出しには応じた方がよろしいですよね？」

「ああ、そうだな。あちらがどう動くか確認しよう」

あっけらかんとした様子のエレフィナは、自分の身が危険に晒される可能性がある、と理解しているのだろうか。

あまりにも軽い口調に、アルヴィスは注意を促すために口を開いた。

「……危険な目に遭う可能性があるんだぞ？　ちゃんと理解しているか？」

アルヴィスに心配され、エレフィナは勝気に微笑む。

「もちろんですわ。危険であることは承知しております。けど、私にはアルヴィス様からいただいた魔道具がありますし……それに」

エレフィナは耳元で揺れる魔道具のイヤリングに指先で触れた。そしてちらり、とアルヴィスに視線を向ける。

「何かあっても、アルヴィス様がコンラット殿下から守ってくれるのでしょう？」

信頼しきったように目を細め、美しく笑むエレフィナに、アルヴィスはぐっ、と奥歯を噛み締め、無意識に抱きしめようとした自分の腕を抑え込んだ。

出会った頃に比べ、信頼関係を築けているのは嬉しいが、他人をすぐ信用するエレフィナの今後が心配になる。

もし、エレフィナに近付いた理由が、他にあったらどうするつもりか。

「……頼むから誰彼構わず簡単に信用しないでくれ」

「え？　今、何と仰いました？」

ぼそり、と呟いたアルヴィスの言葉が聞こえなかったようで、エレフィナが聞き返してくるが、アルヴィスは誤魔化すように笑った。

「……もちろん、俺が守る。と、言った。だけど、危ないことだけはやめてくれ。必ずコンラット殿下から三メートルは離れてくれ。不必要に近付かないこと。分かった？」

「ふふ、エヴァンお兄様と同じことを仰いますのね。分かりました、近付きませんわ」

擽ったそうに笑うエレフィナに触れたくなる。だが、すんでのところで手のひらを抑え、自然な動作でエレフィナの耳で揺れていたイヤリングに優しく触れた。

アルヴィスは、自分の色を身につけるエレフィナに頬を緩め、イヤリングから手を離す際にエレフィナの耳を指先で掠めた。

「──っ！」

「また明日な、エレフィナ嬢」

微かにエレフィナの肩が揺れたのを見て、アルヴィスは口元に柔らかい笑みを浮かべ、転移魔法で姿を消した。

帰った、のだろう。エレフィナは真っ赤に染まった頬を両手で押さえた。

「──アルヴィス様は、遊び人ですわっ！」

ぷりぷりと怒りながら、邸内に戻る。

控えていた侍女や護衛の生ぬるい視線をひしひしと感じながら、エレフィナは令嬢らしからぬ荒い足音を立てた。

「お父様とエヴァンお兄様に、四家の件を伝えなければいけませんわね」

どのタイミングで手を下すのがいいのか、相談しよう。

きっと、知恵を授けてくれるだろう。その助言を受けて、最適なタイミングを導き出すのだ。

こうして助けてくれる父親と兄に感謝してもしきれない。

エレフィナは父親の書斎に足を向けた。

◇◆◇

「エレフィナ・ハフディアーノ！　よくぞ私の呼び出しに恐れず応じたものだ、そこだけは褒めて遣わす！」

でん、と偉そうに両腕を組んでふんぞり返っている目の前の男は、コンラット。

エレフィナは彼に冷めた視線を向けた。

「……殿下。お話があるのでしたらお早めにお願いいたします。婚約者でもない男女が密室にいては、あらぬ噂を流されますわ」

そう話しつつ、エレフィナは周囲に視線を巡らす。

来賓室には、自分たち以外に誰もいないようだ。

来賓室の前までついてきてくれたアルヴィスも、中の気配を確認して、人間の魔力は一つだけだと言っていた。

アルヴィスが言うからには間違いないだろう。

この場にラビナがおらず、若干肩透かしを食らった気持ちになったが、エレフィナは毅然とした態度でコンラットに向き合う。

「貴様は昔からそうだ！　にこりとも笑わず、私を敬わないっ」

顔を真っ赤に染めたコンラットが、エレフィナに近付いてくる。

その分、エレフィナはコンラットから遠ざかるように後ろに下がった。

コンラットの行動に、途端ざわり、と室内にピリっとした空気が満ちる。

（アルヴィス様、抑えてくださいまし……！）

姿を消す魔術を施し、室内に潜んでいるアルヴィスの気配が揺れるのを感じ取り、エレフィナはひやひやしてしまう。

怒りに染まったコンラットは、アルヴィスの気配に気付いていないようだ。

王族として、人の気配に敏感じゃないと不味いのではないか、とエレフィナは考えるが、所詮他人だ。どうでもいい。

「私がラビナと婚約したことで、婚約を破棄された貴様は〝傷物〟になった！　私に縋って来るかと思えば、その気配がない！」

「……？」

この男は何を言っているのだろうか、とエレフィナは首を傾げた。

婚約破棄された相手に、どうして縋らなければならないのか。

「縋ってくれれば、一夜の情けをかけてやろうと思っていたのに！　どれだけ私をこけにすれば気が済むのだ！」

「え、ちょ、待ってくださいまし……っ」

大股でずんずん近付いてくるコンラットに、エレフィナは焦って後ずさる。

「貴様の体だけは気に入っている！　これからは私の妾として王宮で囲ってやるから喜べ！」

「……ひぃっ」

（気持ち悪い！）

欲望に満ちた顔で、都合のいいことを喚くコンラットにエレフィナは吐き気を覚えた。

私は目の前の男に、欲望の捌け口として見られている。

それを理解したエレフィナが真っ青になった瞬間、部屋に怒気が膨れ上がった。

そして、膨れ上がった気配が爆発する。来賓室の窓という窓が弾け飛んだ。

「……うわ！　何事だ？」

「……っ」

飛び散る硝子からエレフィナの体を守るように、ここ数日慣れ親しんだ魔力がエレフィナを包んだ。

アルヴィスが姿を現してエレフィナの体を抱え、一瞬で来賓室の外に転移した。すうっと息を吸い込み、扉の前で大きく声を上げる。

「何の音だ！　誰か室内にいるのか？　開けるぞ！」

「……っち！　余計なことを……っ」

コンラットが憎々しげに舌を打つ。

勢いよく扉を開けたアルヴィスはわざとらしく驚きの表情を浮かべ、コンラットに声をかけた。

「コンラット殿下。自分の魔力制御を見誤ったか？　室内にコンラット殿下の魔力が溢れている」

「——その女がっ、私を怒らせるからだ！」

どけ！　と言い放ち、アルヴィスを押しのけて来賓室から出て行くコンラットの背中を見送る。

安心したからだろうか、エレフィナの膝からかくり、と力が抜けた。

「危ない」

「……あっ」

崩れ落ちそうになったエレフィナを、アルヴィスは素早く支える。

かたかた、と震えるエレフィナを見て、アルヴィスは腕の力を強めた。

「……大丈夫か？」

「も、もちろんですわ！　平気です！」

——強がりだ。平気なわけがない。

アルヴィスは自分がついていたにもかかわらず、エレフィナを怖がらせてしまったことを悔やむ。

無意識に唇を噛み締めていて、口の中に血の味が広がった。

(待て、俺が激高してどうする……。怖がっているエレフィナ嬢を先にどこかに……)

アルヴィスはそこでやっと室内の惨状に気付き、目を見開いた。

「——しまった、少しだけ待ってくれエレフィナ嬢。復元する」

「え……？」

エレフィナを抱きとめたまま、アルヴィスは片腕を上げて横に一振りした。粉々に割れた窓硝子がふわ、と空中に浮かび、初めから割れていなかったかのようにくっつく。

一瞬で元通りになった部屋を見て、エレフィナはアルヴィスの腕の中でキラキラと瞳を輝かせた。

「復元の魔法ですわ！」

興奮したように満面の笑顔を浮かべるエレフィナに、アルヴィスは思わず笑い返した。

「ふ、そうだな。あの馬鹿殿下のせいで、学園の建物を壊すのは不味いから」

エレフィナは吐息を零して笑うアルヴィスに、素直に尊敬の感情を抱く。

復元の魔法は、中位魔法だ。アルヴィスは難しい魔法をさらりとやってのけた。こんなに凄い人が学園に来てくれたことが未だに信じられない。

「さて、室内も元通りになったことだし、いつもの場所に移動するか？」

「わかりましたわ！」

先ほどまで恐怖心を抱いていたエレフィナだが、今は「凄い凄い」と楽しそうに笑っている。

アルヴィスはエレフィナの様子に安堵し、一層抱き締める力を強め、転移した。

二人が消えた室内は、窓硝子が粉々になっていたことが嘘のように整っている。

窓硝子の破片で頬を切ってしまったコンラットは気が動転していて、アルヴィスが起こしたことに気が付いていない。それどころか、アルヴィスの復元魔法のお陰で頬を切った事実すらなくなった。

怒りに支配されたコンラットは、アルヴィスが見ていたかのように室内に現れたことにも、エレフィナが部屋からいなくなっていたことにも気付いていなかった。

エレフィナとアルヴィスが転移魔法でやってきたのは、非常階段。

昼食の時間はこの非常階段で会うことが当然のようになっているため、アルヴィスは迷わずここに転移した。

見慣れた非常階段に到着し、アルヴィスはエレフィナを抱き締めていた腕の力を緩める。

「エレフィナ嬢……？　どうした？」

「……っ」

普段は礼儀正しく礼を述べるエレフィナから反応がない。俯いたまま、顔を上げないのだ。

アルヴィスは違和感を覚え、もう一度声をかけた。

エレフィナはびく、と肩を震わせ、のろのろと顔を上げた。

「エレフィナ嬢？　大丈夫か？」

「あ、はは……。嫌ですわ、びっくりしてしまって……今ごろっ」

驚いただけですから大丈夫です、とエレフィナは気丈に振る舞う。アルヴィスは苦しそうに眉根を寄せ、エレフィナから体を離した。

「無理もない。興奮した男に迫られたんだ。一人になりたいなら言ってくれ。俺はどこかに――」

「大丈夫です、アルヴィス様は大丈夫ですからっ」

エレフィナはアルヴィスに咄嗟に縋る。エレフィナの指先が微かに震えながらもアルヴィスの服の裾を掴んだ。

今になって、コンラットと対峙した時の恐怖が湧き上がってきたのだろう。欲に濡れた目で迫られ、どれだけ怖い思いをしたのか。

公爵令嬢として守られてきたエレフィナは、あれほど露骨な欲を向けられたことはないはずだ。

アルヴィスが安心させるように背中を叩いてやると、強ばっていたエレフィナの体から次第に力が抜けていく。

「お恥ずかしい姿をお見せしました……本来であればあれくらい、私一人で対応しなければいけませんのに……」

アルヴィスの胸元に甘えるように頭を擦り付けるエレフィナに、アルヴィスは複雑な気持ちになった。

エレフィナがこうして気軽に触れてくるのは、自分を信頼してくれているからだ、と思うと嬉しくもあり、悲しくも感じる。

(俺だって男なんだが……全く意識してない。兄や父に甘えているような気持ちなのか？)

釈然としないながらも、アルヴィスはエレフィナの背中を慰めるように優しく叩き続けた。

エレフィナの耳が真っ赤になっているのは、長い髪に隠れて、アルヴィスには見えなかった。

◇◆◇

「コンラットさまぁ、どこに行ってたんですか？　お昼の時間が終わっちゃいます！」

「あ、ああ。ラビナ、待っていてくれたのか。所用があって今日は一緒にいられない、と話しただろう？　待っていなくてもよかったんだぞ？」

コンラットは来賓室から出た後、まっすぐ別棟の空き教室に足を向けた。

今日の昼食の時間は席を外す、と断っていたのだが、ラビナは待っていたらしい。

可愛らしく拗ねて頬を膨らませるラビナに近付き、頬を撫でる。

（邪魔が入らねば、あのまま貴賓室でエレフィナを抱いたのに……。くそっ）

ラビナは可愛らしく、癒されるが、コンラットは女性として美しく成長しているエレフィナにも興味があった。

王族に求められることは栄誉なことで、コンラットはエレフィナが拒絶するとは微塵も考えていなかった。

だが、今コンラットの前にはラビナがいる。

コンラットは先ほど発散できなかった欲を満たそうと、お弁当を広げて不思議そうな顔をしているラビナに覆い被さった。

「……っきゃあ！　コンラットさま、お昼ご飯は？」

「今日はいい」

ふふ、と口元に笑みを乗せるラビナは、コンラットの背中に腕を回した。

順調に自分の体に溺れていくコンラットに、ラビナは歪んだ笑みを隠せない。ラビナは「お願いを口に出来る日も近いわね」と、ほくそ笑んだ。

◇◆◇

真っ暗な部屋に帰って来た男は、雑な動作でコートを脱いだ。

バサリ、とベッドにコートを投げ捨てると、面倒くさそうに息を吐き、襟元を緩める。

「ったく、しつこいねぇお犬さんは……飼い主に従順なのはいいことだが、いい加減鬱陶しいな」

男はおもむろに胸ポケットから細長い針のような物を取り出し、先端に付着した赤黒い液体をベッドのシーツで乱暴に拭う。

ここも、もうそろそろ潮時か、と呟くと、少ない荷物を手早く纏める。

「あの淫乱ちゃんには後で連絡するとして……この面倒な相手にどう対処するか……あまり深入りするなって言われてんだよなぁ～」

ガリガリ、と頭をかきながら必要な物を身につけ、瞬きの間に姿を消した。

男がいた場所には、きらきらと輝く魔力残滓だけが残っていた。

◇◆◇

午後、実技棟。

午後のアルヴィスの授業にも結局コンラットとラビナは姿を見せなかった。

（きっと、あの後コンラット殿下はラビナさんと合流して、一緒にいるのでしょうね）

エレフィナはなんだかやるせない気持ちになってしまう。

（学園での三年間は、本当に貴重な時間なのに……殿下方はここに何をしに来ていらっしゃるのかしら。魔法を学ぶことは、この国のためになることなのに）

エレフィナは授業を進めるアルヴィスに視線を向ける。

授業が終わったら、再び非常階段で落ち合う予定だ。

（さ、さっきは……その……私が動転してしまったから、お話が……）

先ほど、アルヴィスの腕の中で泣いてしまったことを思い出し、エレフィナは改めて恥ずかしくなった。

（あれくらい、自分でどうにかしなければ……いけませんのに）

あんな風に縋って泣いて、迷惑をかけてしまった。

エレフィナがちらり、とまたアルヴィスを見る。すると、ぱちり、と視線が合ってしまい、エレフィナは慌てて顔を逸らした。アルヴィスは不思議そうに首を傾げたが、エレフィナはすん、と努めて冷静な表情を保ち、真面目に授業を受けた。

そして授業終了の鐘が鳴り、アルヴィスが授業を終える。学園生たちは各々片付けを始め、終わった者からぱらぱらと実技棟を後にした。

エレフィナも実技棟を出て、一足先に非常階段に向かった。

実技棟から出て行くエレフィナの後ろ姿を見て、アルヴィスも部屋を出ようとした——その時。

「アルヴィスさまぁ！　少しよろしいですか？」

「——っ」

背後から突然甘ったるい声がして、アルヴィスの背筋に悪寒が走った。

確認しなくてもわかる、これはラビナ・ビビットの声だ。

「……何の用だ」

アルヴィスは冷たく返したが、ぺたぺた、とラビナが近付いてくる足音が聞こえ、うんざりしながら振り返った。

このまま無視して転移してもいいが、ちょうどいい機会だ、ラビナが自分に興味を持っている理由を探ろう、とアルヴィスは考えた。

アルヴィスが振り向き、顔を合わせたことでラビナはぱぁっと嬉しそうに笑顔を見せ、弾む声で話し始めた。

「その、今日の午後の授業なのですが、体調を崩してしまって……。せっかくのアルヴィスさまの授業だったのに、出られなくてごめんなさい」

口元に手を当て、瞳を潤ませて上目遣いで謝罪するラビナに、アルヴィスは表情一つ変えず「それで？」と続きを促した。

「えっと……だから、これからアルヴィスさまがどんな授業をしたのか、教えてもらおうと思って……いいですよね？」

「体調不良が本当だとしても、一人の生徒を特別視はできない。それに、俺の仕事の時間はもう終わっている。授業内容が知りたければ、他の生徒に聞いてくれ」

アルヴィスはそっけなく答え、話はもう終わりだ、とばかりにラビナに背を向ける。

うんざりして転移魔法を発動しようとしたのだが、ラビナは食い下がった。

「アルヴィスさま。今、エレフィナのところに行こうとしているでしょう？　そんなことしたら、エレフィナに学園を辞めさせて、ってコンラットさまにお願いしちゃいますよ？」

「……公爵令嬢を馴れ馴れしく呼び捨てるのは、感心しないな」

「あら、でもこの学園は平等を謳っていますよ？　私はクラスメイトを親しげに呼んでいるだけです」

こてん、と首を傾げ笑うラビナに、アルヴィスは苛立ちを覚える。

小賢しい言い訳ばかりを並べ立て、自分に非はないと言っているのだ、この女は。

アルヴィスが名前を呼ぶと、ラビナははぁい、と嬉しそうに返事をした。

「……ラビナ・ビビット」

「お前は俺に纏わりついているが、何が狙いだ？」

──お前の後ろには誰がいる？

アルヴィスはラビナの瞳を真正面から見つめ、問いかける。

エドゥアルドはラビナに関する全てを許可すると言った。精神干渉魔法の使用も、だ。

非道な手段ではあるが、ラビナ・ビビットの情報を得るためには、仕方ないのだ。

アルヴィスは良心が少しばかり痛んだが、これも国のため、と自分を説きふせた。

恐らく、完全に口を割らせることは難しいが、背後にいる人物に関わる何かを掴める可能性がある。

だから、アルヴィスは魔力を繊細に編み上げ、ラビナに精神干渉の魔法をかけようとした。

ラビナに精神魔法がかかる寸前。

――ばちん！　と嫌な音を立てて、アルヴィスの魔法が弾かれた。

「――しまった！」

(魔術返しだ！)

アルヴィスの弾かれた魔力が「誰か」の魔力と混じり合い、アルヴィスに迫る。

一瞬で理解した。「この魔力は危険だ」と。

アルヴィスは幾重にも阻害魔法を展開して、ラビナから大きく距離を取った。

アルヴィスが飛び退いた場所に、ごうっと轟音を轟かせ、突風が吹き荒れる。

「えっ、あ！　きゃあっ」

ラビナは何が起きているのか理解できていないようで、戸惑いを顕わにしている。

「え、どうして室内で突風が？　アルヴィスさまぁ？」

目を白黒させながら手を伸ばしてくるラビナに、アルヴィスは鋭い声で近付くな、と制した。

ラビナと距離を取っておかないと、ラビナを守る魔力が自分に牙を剥くのだ。アルヴィスの背中に汗が伝った。

少しでも情報を得られれば、と焦ってしまった。「ラビナ・ビビットは魔法に関して造詣が深い」とわかっていたのに。

「えぇっ？　な、なんで、どうして？　どうして怖い顔をするんですか？」

相手の魔力の質、反応速度、そして高度な「魔術返し」。

アルヴィスは、ラビナの背後に自分と同程度の魔術師の気配を感じ、舌打ちした。

（この女……！　とんでもない人物が裏にいる！）

アルヴィスと同程度の魔術師など、この国には数える程しかいない。

それほどの人間が、なんの目的でラビナの背後にいるのか。

（公爵家に報告が必要だな）

じりじり、と後ずさるアルヴィスは、まだ混乱しているラビナに告げた。

「来週、今日の授業の補習をする。だが、その補習は他の生徒たちと一緒に行う。自分からやると言ったんだ、コンラット殿下に余計なお強請《ねだ》りはするな」

「――あ！　アルヴィスさま！」

アルヴィスはそう言い放つと、ラビナに纏わりつく魔力から逃れるように転移魔法を構築し、その場を去った。

一人残されたラビナは、ただただ首を捻っていた。

◇◆◇

——どさっ。

前触れなく大きな音がして、エレフィナは驚きに体を跳ねさせる。

音の正体がアルヴィスだとわかって安堵したが、階段に力なく座り込むアルヴィスの顔が青白くて、息を呑んだ。

「ア、アルヴィス様……？　どうされたのですか、お顔が真っ青ですわ！」

アルヴィスの様子がおかしい。焦りや戸惑いが表情から伝わってきて、エレフィナはアルヴィスの隣に膝をついた。

「白昼夢を見ていたようだ。……最悪だ」

「どうされたのです？　アルヴィス様がこんなに慌てるなんて……」

エレフィナはハンカチを、と制服のポケットを探る。

だが、アルヴィスの返答を聞いて、掴んだハンカチを取り落としてしまった。

「不味いことになった。ラビナ・ビビットの背後に、俺と同等の魔術師がいる」

エレフィナはアルヴィスと同様、青褪める。制服のスカートを無意識に握り締めた。

その指先が真っ白になっていることに気付いたアルヴィスは、エレフィナの手に自分の手を重ねた。

ぎゅう、と力いっぱいスカートを握り締めていたエレフィナの指を解いてやる。

「な……っ」

「一刻も早く公爵家に報告したい」

ぱくぱくと口を動かすエレフィナを見て、アルヴィスはようやく冷静になれた。

アルヴィスは魔術師団に所属している魔術師として、自分の力量を理解している。

潜在魔力量が多く、魔法を組み上げる構築式の理解、術への昇華、魔力を放出する技量を持っている。

それは才能もさることながら、アルヴィスが学園に通っていた時に努力して手に入れた力だ。

だからこそ、アルヴィスは先ほどの魔力の持ち主が自分に匹敵する実力者だと理解できたし、同時に戦慄《せんりつ》もした。

アルヴィスと同程度の力を持つ人間は、そうはいない。アルヴィスの精神干渉の魔法を防ぐことができるのは、同等の腕を持つ者か、それ以上の力を持つ者、もしくは、結界魔法の使い手くらいだろう。

精神干渉を弾かれてしまったからには、これ以上ラビナ・ビビットを探ることは難しい。

(これは避けたかったが、直接コンタクトを取り、聞き出すほかないか……？)

だが、相当の手練れが裏にいるのであれば、迂闊に近寄ったが最後、逆に搦め捕られる可能性がある。

(こっちはこっちで、厄介なことになりそうだ)

アルヴィスは自分がやられた場合の対応策をハフディアーノ公爵に伝えておこう、と考える。

ラビナ・ビビット本人がどれほどの魔法を使えるかはわからないが、先ほど起きたことは理解できていなかった。

ならば、使えたとしても初歩的な魔法だけだろうと結論付けた。

「今日もハフディアーノ公爵家に伺いたい。返事をいただいたら、指定の時間に転移させていただく」

「でしたら、私も返事が来るまで一緒に待ちましょうか？」

「いや……。申し出はありがたいが、調べたいことがある。エレフィナ嬢は先に帰っていてくれ。……くれぐれも気を付けてくれよ」

アルヴィスに優しく微笑みかけられ、エレフィナはこくりと頷いた。

最近、癖になっているのだろうか。

アルヴィスは自分が贈った魔道具のイヤリングによく触れる。時折かすめるアルヴィスの指がこそばゆくて、エレフィナは目を細め、視線を逸らした。

「馬車までは送ろう。何かあったら嫌だからな」

「心配し過ぎの気もしますけれど……ありがとうございます」

人の気配がほとんどない廊下を二人で歩く。

教室で帰り支度を済ませたエレフィナをアルヴィスは馬車まで送った。

「気を付けて帰ってくれ」

「ありがとうございます、アルヴィス様。また後ほど」

では、と頭を下げるエレフィナにアルヴィスは片手を上げる。動き出した馬車をしばし見つめた後、アルヴィスはぱちん、と指を鳴らした。

アルヴィスの魔力で作り出された蝶がふわり、と目の前に現れる。

キラキラと魔力の粒子を煌めかせながら、蝶はふわり、と空中に舞い上がり、消えた。

「公爵から返事が来るまで、俺は俺で調べておくか」

アルヴィスはくるりと踵を返し、再び学園に入っていった。

ラビナ・ビビットとの接触時、発生した魔術返し。

ラビナへの精神干渉魔法に過剰に反応し、激しく抵抗された。

あの時、一瞬でも判断が遅れていたら、アルヴィスと相手の魔力が反発し、爆発していただろう。

爆発に巻き込まれたら、ラビナも無事では済まなかった。

(自分の正体がばれるくらいなら、ラビナ・ビビットを消してもいいってことか……?)

それにしてはいささかやり口が乱暴だ。

幸い、アルヴィスが精神干渉魔法を中断し、ラビナと距離を取ればそれ以上追ってこなかった。

(やはり自分の正体がラビナ・ビビットからばれることを防ぎたいのか……)

考え事をしながら歩いていると、先ほどラビナと会話をした場所に戻ってきた。

集中し、その場に残る相手の魔力を探る。相手の魔力を掴めれば、本人の元に導いてくれるかもしれない。

（俺だったらそんなヘマはしないが、追跡を免れる力があるなら、俺と同等の力を持つ相手だっていう裏付けにもなるな）

魔力残滓を見つけたアルヴィスは「これだ」と呟き、搦め捕る。相手の魔力を手のひらの上に乗せ、じっと観察した。

しばらくキラキラと輝きを放ち、そして跡形もなく消失する。

魔力残滓からは何の情報も得られず、アルヴィスはがくりと肩を落とした。

「そうだよな……俺でもこうする……」

他者が魔力残滓に干渉した瞬間、魔力が消滅する魔術式が組み込まれていたのだ。

「さて、どうするか……」

やりたくはないが、やはりラビナ・ビビットに近付くしかないか？　と考えていると、背後に気配を感じた。

背筋が伸びる威圧感に、アルヴィスは慌てて振り返り、ゆったり歩いてくる男性の姿を確認すると慌ててその場に跪いた。

「こらこら、畏まらないで」

アルヴィスの前までやって来た男性は、朗らかな笑みを浮かべたまま、ふわりと言葉を紡ぐ。

跪いたままのアルヴィスは、冷や汗が背中を伝うのを感じながら、何とか言葉を返した。

「いえ、それはご容赦を。王弟殿下」

王弟殿下と呼ばれた男は、アルヴィスに顔を上げてくれ、と言葉をかける。

威厳と威圧感を纏うこの男は、国王の弟君で、この学園の学園長である。

元々アルヴィスは王弟――学園長の依頼で、学園に臨時講師としてやってきた。

学園長も、学園内で発生している公爵令嬢に関わる様々な問題に対処したいと考えていたらしい。

ハフディアーノ公爵家の令嬢に対して失礼な態度を取る学園生たち。校是として平等を謳っているとはいえ「平等」と「不躾」は違う。

学園が行動を起こさずにいたら、最悪ハフディアーノ公爵家を敵に回す可能性がある。

だから学園長は個人的にアルヴィスに依頼をした。

アルヴィスは、王家にいい印象を抱いていない。今回の第二王子の一件で更に嫌になった。だが、学園長である王弟だけはこの学園をどうにかしようと動いている。自分は表立って動けないのでアルヴィスに探ってほしい、と半年ほど前に声をかけられていた。

「ハフディアーノ公爵家が大きく動き出したようだね。私にも報告が入っているよ。隣国のスロベストと同盟を結ぶらしい、と」

「はい。公爵は有事に備え、隣国と手を結ぶと決めたそうです。それから――」

「……帝国の影が動いているらしいね？」

「ええ」

うーん、と学園長は顎に指を当て、考え込む。

学園長はこの国で起きている事態が様々な国に影響を与え始めていることに頭を悩ませている様子だ。

「アルヴィスは本当に帝国が我が国を狙っていると思う？」

「……その可能性は高いかと。ラビナ・ビビットの裏に私と同程度の魔術師がおります」

「アルヴィスと同等か……それは手を打たないとひっくり返ってしまうね？」

「恐らく……」

学園長はアルヴィスの返事を聞いて、柔らかく微笑んだ。

「それなら、アルヴィス・ラフラート魔術師団副団長に改めて命じよう。我が国を裏切り、裏で動く人物の処理を。……それが、たとえ王家の血筋であろうとも構わない」

ぴり、と空気に緊張が走る。

「学園長」としてではなく、この国の「王族」としての名を受けたアルヴィスは、深々と頭を下げた。

「御意に」

「基本は、ハフディアーノ公爵家の言う通りに動いていいよ。目的は同じだから。もし、ハフディアーノ公爵家以上の権力が必要な時が出てきたら、私の名を出しなさい」

軽い調子で話していた学園長が、王族印の付いた筒状の物をアルヴィスに放った。

「これ、は……」

アルヴィスは慌てて両手で受け取り、学園長に視線を投げかける。学園長は「役立つ物だよ」と笑い、踵を返した。

「我が国に危険をもたらす者は駆除しなくてはね」

去っていく学園長の柔らかい声がその場に響き、アルヴィスは緊張していた体から力を抜いた。

「……優しそうに見えて、あの人が一番怖いんだよな……」

その場に座り込み、うなだれる。

王族と対面する時の、あの威圧感にはいつまで経っても慣れない。

ハフディアーノ公爵と対面する時も重圧を感じるが、その比ではない。

「そう言えばこれは……」

アルヴィスは受け取った筒状の物を掲げ、首を捻る。

学園長は役に立つ物だと言っていたが、何なのだろうか、とアルヴィスは中を確認して目を見開いた。

確かに、役立つ物には違いない。違いないのだが、と頭を抱えた。

王弟殿下は学園長だけでなく、魔術師団の責任者でもあるのだが。

「こんな物騒なもの、使わずに済めば越したことはないな」

思わず乾いた笑いが零れる。

願わくば、これを使わないでおける日々が続けばいい、とアルヴィスは祈った。

◇◆◇

ハフディアーノ公爵邸に戻って来てから、数刻。

エレフィナはいつものようにエヴァンとサロンでお茶を楽しんでいた。

「そうだ。先ほどアルヴィスに訪問の許可を出したよ。遅い時間になるが、大事な報告があるらしい。フィーは何か聞いてる？」

エレフィナは「そうだった」とカップをテーブルに戻して頷く。

「はい。アルヴィス様は今日、ラビナ・ビビットさんと対峙した際に、彼女の裏には自分と同程度の魔術師がいると仰ってましたわ」

「アルヴィスと同等？　それは本当なのか？」

目を見開くエヴァンに、エレフィナは首肯する。

エヴァンは難しい顔で考え込んだ。邪魔をしないよう、エレフィナは紅茶に口をつけつつ、先日、父と兄と話したことを思い出す。

例の四家について、エレフィナの好きなようにやってみなさい、と言葉をもらった。

国防を担う、辺境の分家にはあらかじめ報せを送っておく、とも。

少しずつラビナ・ビビットの協力者を学園から遠ざけていくこの計画をいつ実行に移そうか、エレフィナは頭を悩ませていた。

手筈はほとんど整っている。

「……もうそろそろ、始めようかしら」

ぼそり、と呟いたエレフィナの声はエヴァンに届くことなく消えた。

そのままサロンで過ごしていると、使用人が夕食の時間を知らせに来た。

「さあ、取りあえず夕食を食べてから考えようか、フィー」

「はい、エヴァンお兄様」

エヴァンの手を取って食堂に向かうと、すでにエドゥアルドが席に着いていた。

「お待たせして申し訳ございません、お父様」

「いいんだよ、フィー。私も今さっき来たばかりだからね」

習慣化した抱擁を交わし、親子三人揃って食卓に着く。

夕食を味わいながら、和やかに世間話をする。食べ終えると、この後アルヴィスがやってくるから先に客間に向かうようにと、エドゥアルドに告げられる。

時刻は夜の九時。

エレフィナは客間で待ちながら、今日は遅い時間の解散になりそうだ、と考えた。

「……解散が遅くなるなら、お見送りは無理かしら」

無意識に零れた言葉に、エレフィナははっとする。

「べ、別にわざわざアルヴィス様をお見送りする必要はないのですわ！」

ぶわっ、と頬を赤く染めたエレフィナはぶんぶん頭を振る。

どうして、アルヴィスと過ごす時間が減ることを残念に思ってしまったのか。

エレフィナは真っ赤な顔のまま廊下に立ち尽くし、周囲をきょろきょろ見渡す。

誰かに見られていたらとてつもなく恥ずかしい。

この感情を認めたくなくて、自分の中から追い出すように、必死に呟いた。

「私には、大切なことがある……これからやるべきことの方が大切ですわ……！」


エヴァンやエドゥアルドが客間に合流してどれくらい経過しただろうか。

家令がアルヴィスの到着を報告した。

「旦那様、お客様がご到着いたしました」

エドゥアルドが「通してくれ」と答えると、少しして、アルヴィスが姿を現した。

アルヴィスは学園で別れた服装のままだ。別れた時に言っていた「調べ物」がこの時間まで続いていたのだろう。

アルヴィスはエドゥアルドに一礼し、ソファに腰を下ろした。

「ラフラート副団長、何事だ？」

ラビナ・ビビットについて報告がある、と聞いていたエドゥアルドは単刀直入に問い掛ける。もう夜遅い時間だ、世間話で時間を潰すのは惜しい。

「はい。私は本日ラビナ・ビビットに精神干渉魔法を仕掛けたのですが――」

アルヴィスは、自身が体験したことと考えを、順を追って話し始めた。


「――以上のことから、ラビナ・ビビットの背後には私と同等の魔術師がいます。それに、精神干渉できないなら、直接ラビナ・ビビットに接触するしかありません」

全てを話し終えたアルヴィスは、黙って聞いていたエドゥアルドに視線を向けた。

「直接、か……」

エドゥアルドは眉間に皺を寄せ、難しい顔でしばらく考え込む。

万が一、相手がアルヴィスに精神干渉を行った場合、アルヴィスはそれを防ぐことができるのか。

同等の魔術師には、魔力を消耗させられる可能性だってある。

そうして、弱った状態のアルヴィスを狙われたら？

エドゥアルドはそれを危惧していた。

簡単にやられることはないだろう。だが、相手が捨て身で仕掛けてきたら。アルヴィスもただではすまない。

アルヴィスが敵方に落ちた際の危険性を考え、エドゥアルドは決断した。

「エヴァン。精神干渉に対抗できる魔道具があっただろう？　あれをラフラート副団長に」

「……！　あれは我が家の家宝ですよ？　いくらアルヴィスとは言え、他家の人間に使わせるのは……！」

「何かが起きてからでは遅い。被害が甚大になる。あの魔道具は、この国に住まう者を護るために作られた物だ。私はお前に、普段から最悪の状況を考え行動するように、と言っているだろう？」

エドゥアルドに諭されたエヴァンは、渋々頷いた。

「アルヴィス……お前に渡す魔道具は、ハフディアーノの血筋の者が魔力を込めないと発動しない。準備ができたら連絡するから、取りに来てくれ」

「――そのような貴重な物を……、感謝いたします、公爵」

「気にしないでくれ。だが、魔道具があるからといって油断は禁物だ」

「しかと、心に刻みます」

家宝の魔道具を使わせるほど、事態はひっ迫しているのだろう。

アルヴィスは、改めてエドゥアルドに深々と頭を下げた。


緊張感の漂う中、エレフィナはエドゥアルドと言葉を交わすアルヴィスを見つめていた。

エヴァンがソファから腰を上げたので、エレフィナも立ち上がった。

(アルヴィス様は……まだお父様とお話ししているから……お見送りは無理、ですわね)

少し残念に感じながら、エレフィナは名残惜し気に一歩踏み出した。

エレフィナが部屋に戻ろうとしている事に気付いたエドゥアルドが呼び止める。

「ああ、フィー。副団長の見送りを頼むよ。学園内での動き方を相談しておきなさい」

「かしこまりましたわ。お父様」

エレフィナは父のお願いに感謝し、上げた腰をもう一度下ろした。


「エレフィナ嬢、いつも見送りすまない」

邸の廊下を歩いている途中、アルヴィスが申し訳なさそうにそう言った。

エレフィナは肩越しに振り返り、笑みを浮かべた。

「いいえ、お気になさらず。それに、私の計画についても詰めておかないとですし」

「ああ、そうだな。そっちもすり合わせておく必要があるな」

アルヴィスは考え込むように顎に手をやり、その場に立ち止まった。

アルヴィスが立ち止まったのに気付いたエレフィナはきょとんと目を瞬かせた。

「どうしました？」

アルヴィスは真っ直ぐエレフィナの目を見返して、落ち着いた声音で話しかけた。

「エレフィナ嬢」

「なんでしょうか？」

「君は先日、四家の者を学園から消す、と言っていたな？」

アルヴィスが考えていたのは、この件のことだったのか――エレフィナは「はい」と頷く。

（アルヴィス様には他にもやらなければいけないことが多々あるのです。この件に関して、彼にあまり迷惑はかけられませんわ）

そう考えたエレフィナは父と兄と話し合ったことを伝えた。

「先日、お父様とエヴァンお兄様と話し合いました。手配は済んでいるから、後は私のタイミングでいつでも動いていい、とのことです」

「そうか」

エレフィナはアルヴィスから視線を外して話した。アルヴィスは「失礼」と呟いてからエレフィナの頬に手を伸ばした。

アルヴィスの手のひらがエレフィナの頬を優しく包み、すり、と指の甲で目尻を撫でる。

びっくりして目を見開くと、アルヴィスは痛ましげに眉を寄せ、口を開いた。

「目の下に隈がくっきりだ」

「――えっ」

「満足に寝れていないんじゃないか？　一人で頑張りすぎていないか……？」

アルヴィスが心配そうに目を細め、エレフィナは苦虫を噛み潰したように顔を歪めた。

(なんで……アルヴィス様は気付いてしまうの)

視線を逸らそうとしても、アルヴィスの手がそれを許してはくれない。

「……確かに、君がしようとしていることは、一人の人間の人生を壊すことだ」

「……はい」

「ラビナ・ビビットを孤立させるため、これはとても有効な手段だ。……けれど、正しいことなのかは、きっと誰にもわからないと思う。だが、君が責任を感じる必要はない、と俺は思う」

アルヴィスの柔らかな声と表情に、エレフィナの瞳が揺れる。

「エレフィナ嬢、君はきっとこうならないよう、何度も警告したんだろう？」

「……なぜ、そう思うのですか？　もしかしたら、孤立させられた腹いせでやっているかもしれませんわよ？」

視線を逸らすことはできない。だからエレフィナは精一杯強がり、挑発的に笑って見せた。

エレフィナの言葉を聞いても、アルヴィスは優しく微笑むだけで。

「俺がエレフィナ嬢と直接顔を合わせて話すようになったのは最近だが……この短い間でも君の人となりはわかる。君は自分に酷い仕打ちをした人間でも、憎み切れない優しい人だろう？」

困ったように笑うアルヴィスを見て、エレフィナはくしゃり、と顔を歪めた。

（もう、散々泣いた、のに……！）

エレフィナは、自分の身を、心をアルヴィスが心配してくれて、込み上げてくる涙を必死に堪える。

すると、エレフィナの瞳が涙に濡れたことに気付いたのだろう、アルヴィスがぐいっとエレフィナを強い力で抱き締めた。

引き寄せられたエレフィナの鼻がアルヴィスの胸にぶつかり、ついつい呻き声を漏らしてしまう。

「……うぅっ、アルヴィス様、痛いです」

「悪い、痛かっただろう？　痛くて泣きそうか？」

「そう、ですわね……思ったよりも痛くて……これは、痛くて涙が出てしまっただけですから」

ぼろ、っとエレフィナの瞳から涙が零れ落ちた瞬間、アルヴィスはエレフィナを抱き締める腕に力を込めた。

エレフィナの後頭部を抱き寄せる。

「そうだな、痛かっただろう。俺が悪かった。思う存分罵ってくれ」

ぽんぽん、と後頭部を優しく撫でられる。アルヴィスの手のひらの感触が、エレフィナの涙腺を更に決壊させる。

必死に声を殺し、アルヴィスの胸に縋りついた。

エレフィナを抱き締めているアルヴィスは、ふと呟いた。

「辛くて、苦しい時は……俺や公爵、それにエヴァンがいる。大人に頼っていいんだから、全部自分で背負い込まないで欲しい」

小さなアルヴィスの声は、エレフィナの耳にしっかり届いた。

だが、返事をしようにも、声の代わりに嗚咽になってしまいそうで、エレフィナは必死に何度も頷いた。

「エレフィナ嬢には頼もしい味方が大勢いる。忘れないでくれ」

エレフィナはぎゅう、と縋る手に力を込めた。


どれくらい、そうしていただろうか。

アルヴィスは腕の中にいるエレフィナの体の震えが収まったことに気付き、安心した。そしてそろり、と周囲を見回す。

しん、と静まり返った廊下。普段は使用人が行き来しているのに、気配は感じてるものの姿は見えない。

体中に視線が刺さっている気がして、アルヴィスは冷や汗をかいた。

「アルヴィス様？」

すん、と鼻を鳴らしたエレフィナに話しかけられて、アルヴィスは口端を引きつらせつつ誤魔化すように呟いた。

「あー……いや、公爵と兄だけじゃなかったか、と思ってな……大事にされてるようで安心した」

アルヴィスがはは、と乾いた笑いを零すと、エレフィナは不思議そうに首を傾げる。

そしてエレフィナはここが邸の廊下だったことを思い出し、アルヴィスから勢いよく離れた。

「もっ、申し訳ございません！　私……っ」

「いや、いやいや。エレフィナ嬢が謝ることじゃ……それより、元気になったみたいで安心した」

頬を真っ赤に染めるエレフィナに苦笑しつつ、アルヴィスはエレフィナの目元に触れる。涙は既に引っ込んでおり、今は目元が赤くなっている。

アルヴィスはエレフィナの手を取り、再び廊下を歩き出した。玄関に向かう道すがら、ゆっくり歩を進めつつ口を開く。

話が途中になってしまっていた。

「それで……さっきの続きだが。四家の息子は、どうやって退学に追い込む？」

ちら、とアルヴィスに視線を向けられ、エレフィナはぽつりぽつりと説明した。

「……私の名で、被害を訴えます。証拠を父に提出していただきますわ。対象者は、一人ずつ。ご実家で反省していただいたあとに、ご家族と共に南部の辺境へ。そこで我が国を守っていただきます」

「生徒の実家と、南部の辺境伯には根回し済か」

こく、と頷くエレフィナにアルヴィスは「なるほどな」と返事を返す。

「南部の辺境伯は、我が家の親類のシュタイナーズ伯――軍事面で強い発言力を持つお方です。シュタイナーズ伯爵にしっかり性根を鍛え直してほしい、とお伝え済ですわ」

きっと何年後かには素晴らしい成果が上がることでしょうね、とエレフィナは微笑む。

「南部には友好国のスロベスト軍が駐留しておりますし、逃亡や間諜として動くのはまず無理ですわ」

「……まさかもう、まとまったのか？」

「ええ。つい、先日」

これで国内の情勢は安定した、と告げるエレフィナに、アルヴィスは苦笑した。

「ならば、あとは殿下とラビナ・ビビットだな」

「ええ。気付いたら自分たちの周りから味方が消えている……恐ろしいですわよね」

玄関ホールに辿り着いた二人は見つめ合う。

「わかった。エレフィナ嬢が動く時は、学園長と俺が同席する。……それと、ラビナ・ビビットの件だが、背後にいる人間を炙り出したいと考えている」

アルヴィスが真剣な声音と表情で告げ、エレフィナもこくりと頷く。

「ええ、わかりましたわ。必ずご連絡いたします。それと……ラビナさんの協力者を上手く炙り出す手はありますの？」

精神干渉が弾かれた、と聞いたエレフィナは心配そうに問う。

魔法が効かないとなると、ラビナ・ビビットに直接接触しなければならない。

それ以外に方法がないことはわかっているが、不安なものは不安だ。

アルヴィスは微笑むと、エレフィナの頭を一撫でする。

「公爵家の魔道具を受け取り次第、ラビナ・ビビットと接触を試みる。魔道具があるし、俺自身も対策はするさ」

「我が家の魔道具で、完全に防ぐことができればいいのですが……」

「魔道具を貸していただけるだけでも、かなり助かっているさ。危険は承知の上だしな」

「アルヴィス様を助けてくれる方はおりませんの？」

「少数の方が怪しまれないし、相手も俺と同等の魔術師だ。人数が多いと、かえって邪魔になる」

それはもっともな意見で、エレフィナは押し黙った。

ラビナ・ビビットに関してはアルヴィスに一任するほかないのだろう。

自分にも何かやれることはないだろうか、と考えたエレフィナは、はっと顔を上げた。

「――そうですわ！　アルヴィス様が動かれる際は、私がコンラット殿下を抑えます！　そうしたら、ラビナさん一人に集中できますでしょう？」

「……っ、そんなことはしなくていい」

エレフィナはいいことを思い付いたとばかりに表情を綻ばせているが、アルヴィスは低い声で一蹴する。

びくり、と肩を跳ねさせたエレフィナは、そろりとアルヴィスの様子を窺う。

アルヴィスは目を細め、真っ直ぐにエレフィナを見つめていた。その瞳にはありありと怒りが込められている。

「――先日の一件を忘れたのか？　殿下と君を一緒にいさせられないし、いさせたくない」

「あ、あの時は驚いただけで、私にも抵抗する手立てはありますわ……！」

何か、アルヴィスの役に立ちたい――

そう思った気持ちを一蹴され、エレフィナは不満げに唇を尖らせた。

「抵抗……？　抵抗できるのか？　まだ下位魔法一つ覚えていないのに、相手が詰め寄ってきたら？　抗えると思っているのか？」

低い声で話すアルヴィスが一歩、エレフィナに近付く。

「それはっ、他の方の目がある場所でしたら、コンラット殿下も……」

アルヴィスが近付くと、エレフィナは自然と一歩後ろに下がってしまう。

「コンラット殿下が人払いをしていたら？　もしくは、人気のない場所に連れていかれたら？　君もわかっているだろう、学園生は誰も君の味方をしてくれない。ただ黙って見ているだけだ」

――とん、とエレフィナの背中が壁に当たる。

目の前には自分を見下ろすアルヴィスがいて、その表情は普段のふざけたようなものではなくて。

エレフィナはぶる、と体を震わせた。

何か言い返そうと口を開くが、言葉が出てこず、エレフィナははくはくと唇を動かすだけになってしまう。

「抵抗できると言うなら、俺を振り払ってみてくれ」

「――痛っ」

アルヴィスに両手首を一まとめにされると、そのまま頭上に縫い止められる。

エレフィナは力一杯、めちゃくちゃに動かそうとしたが、腕はぴくりとも動かない。

涼しい顔でこちらを見つめるアルヴィスに焦燥感を抱く。

「本気で暴れているのか？　片手で簡単に抑え込めるぞ」

「ううう……っ、黙っていてくださいませ！」

奥歯を噛み締め、もう一度力を込めて腕を動かそうとするが、やはり微動だにしない。エレフィナは悔しさに瞳が滲んでくる。

「わかっただろう？　腕力では、女性は勝てない。騎士職の女性ならまだしも、エレフィナ嬢のような貴族令嬢には、不可能だ」

アルヴィスはエレフィナの手首を解放すると、労るように手首に付いた拘束の痕を指先でなぞる。

「少し力を込めすぎたか、すまない」

「……っ、私にもお手伝いできることがあると思ったのです。我が家の事情に巻き込んでしまったので、少しでもお役に立てればと……」

何もできなくて悔しい、と声を震わせるエレフィナにアルヴィスはぎょっとする。

「すまないっ、エレフィナ嬢の気持ちはありがたいから泣かないでくれっ」

「……っ泣いてなんかいませんわ！」

ボロボロとエレフィナの瞳から大粒の涙が零れた。零れ落ちる涙をそのままにしてアルヴィスを睨み、乱暴に目元を拭う。

「悪い……本当に申し訳なかった、そんなに強く擦ると肌が傷付く」

「ううっ」

アルヴィスはエレフィナの手をそっと取って、指先で目元に優しく触れる。

アルヴィスの冷たい指先が気持ちよくて、エレフィナはそっと瞼を伏せた。氷魔法で手を冷やしてくれたらしい。

アルヴィスはエレフィナの頭を引き寄せ、子供をあやす様にポンポンと撫でる。大人しく腕の中に収まってくれるエレフィナを宥めつつ、周囲を確認した。

背中の布を控え目に掴むエレフィナの指の感触を感じながら、アルヴィスはエレフィナを溺愛している身内にどうか見られていませんように、と心から祈った。

先ほどとは違い、今エレフィナが泣いているのはアルヴィスのせいだ。

エレフィナは悔しくて悔しくて、アルヴィスの胸元にぐりぐりと頭を押し付ける。

自分では力になれないと知った悔しさや悲しさで感情が昂り、まるで子供のように涙を零してしまって気恥ずかしい。

(これだから……いつもアルヴィス様にからかわれるのですわ)

浅はかな自分が恥ずかしい。アルヴィスに子供扱いされているのも恥ずかしい。

早く涙を引っ込めたいのに、涙はまだ滲んだままで、つい唸るような声が漏れてしまう。

するとアルヴィスがさらに焦ったような気がして、エレフィナはぐ、と腕を伸ばしアルヴィスから離れる。

「申し訳ございません、もう落ち着きましたわ」

「落ち着いたか？　悪かった、強く掴みすぎたから痛かったよな……」

気遣うようなアルヴィスの声に、エレフィナは首を横に振る。

痛くて泣いてしまったわけではなく、子供のように興奮して昂ったまま、アルヴィスに縋ってしまい、恥ずかしかったのだ。

アルヴィスを見上げれば、何とも言えない表情で自分を見下ろしていていたたまれなくなる。

エレフィナは努めて笑顔を作り、もう大丈夫だとわかってもらうため、明るい声で話題を変えた。

「それで……、えっと、そうですわ。ラビナさんの件に関してはわかりました。魔道具を受け取り次第、動かれる、ということでよろしいですか？」

「あ、ああ……。ラビナ・ビビットは、俺がどうにかする。エレフィナ嬢は無理に動かなくていい。当分は四家の子息たちと、コンラット殿下に気をつけてくれ」

エレフィナはこくりと頷き、時期が決定次第、日にちを伝えると約束してその日は解散した。

幕間　ラビナ・ビビットという少女

ラビナ・ビビットには、幼い頃から魔法の指導をしてくれる人物がいた。

この国では体への影響を考慮し、子供のうちから魔法は学ばせない。

子供には「魔法」という存在だけを教えるのだ。

だが、ある日どこからともなくふらりと現れたその男は、何の得にもならないのに、幼いラビナに魔法の仕組みや魔術としての昇華の仕方、魔力について教えてくれた。

〝ラビナは可愛いから、ラビナが願えば皆がラビナのお願いを叶えてくれるよ〟といつも優しく微笑み、話してくれた。

両親以上に可愛がってくれるその男にラビナはよく懐き、そして依存した。

ラビナの言うことを全部肯定してくれたし、ほしいものは時間をかけてゆっくり準備をして手に入れるんだ、とも教えてくれた。

そして、初めての快楽を教えてくれたのもこの男だ。

自分が願えば、全てが手に入ると教えてくれた。

男の助言の通りに動いてきた結果、ラビナは本当に憎い女から全てを奪うことができたのだ。

ラビナは男を信頼したし、男もラビナの成功を喜んで、褒めてくれた。

だから、ラビナは目をつけているアルヴィスの存在を男に話した。

アルヴィスも自分の物にしたい、あの男をコンラットの隣に並べたい、と。

あの男に手を出すのはやめておけ、と言われたが、ラビナが望んで手に入らなかった物はない。

ラビナは男の忠告を聞き入れず、アルヴィスを手に入れるため動いていた。アルヴィスを手に入れれば、きっと男も褒めてくれるだろう。

それなのに、どうしてアルヴィスに手を出すな、と叱るのだろうか。強い男を手に入れれば、男だって嬉しいはずなのに。

ラビナだったら何でも手に入るよ、と言ってくれたのは男なのに。

男の言う通り、ラビナがほしかったコンラットも手に入った。

学園生活で、自分の味方も手に入った。全部全部全部成功しているのに、なぜ。

「ねぇ、コンラットさま……私、一番になりたいの」

いつだっただろうか。

学園の空き教室で、そう言ったラビナにコンラットは「わかった」と言ってくれた。

ラビナが「お願い」をすれば、みんな快く頷いてくれる。そうだ、最後には絶対ラビナの望む通りになる。

全部、ほしい。

だってずるいでしょう？　生まれが高貴なだけで全てを持っているのはおかしいことだわ。

◇◆◇

「カーネイルさま？　いらっしゃいます？」

ラビナ・ビビットは、男に呼び出され、古びた小屋にやってきた。

蝶番《ちょうつがい》が錆び、外れている扉を恐る恐る片手で押して中を覗く。中は外観から想像できないくらい広く、清潔な部屋だった。

ラビナは瞳を輝かせると、歓声を上げた。

「わあっ！　空間接続の魔法ですか！」

室内に走り寄り、カーネイルの姿を探す。

キョロキョロ部屋の中を見渡すが、目に見える範囲にカーネイルの姿はない。別の部屋にいるのだろうか。

カーネイルの許可なく勝手に他の部屋に入ることは禁じられているため、ラビナは大人しく近くのソファに腰を下ろし、落ち着きなく部屋の中を見渡す。

カーネイルを待っていると、奥の部屋に続く扉から物音が聞こえた。そして、ガチャリと音を立てて扉が開き、男が姿を見せた。

「ああ、来たかラビナ」

「カーネイルさま！」

ラビナはその男――カーネイルに駆け寄り、抱き着いた。

細身に見えるが意外と筋肉が付いている男の胸元に頬を寄せる。そのままラビナは上目遣いでカーネイルを見上げた。

「どうして急にお部屋を移ったんですか？　あの場所、行きやすくて楽だったのに」

甘え声で話すラビナを、カーネイルは表情を強張らせて引き離す。

「アルヴィス・ラフラートには手を出すな、と言っただろう。どうして手を出した。お前の手に負える人間じゃないんだぞ」

「や、そんなに怒らないでくださいっ」

「お前が俺の言うことを聞かないからだろう？　今まで準備してきたこと全てが無駄になってもいいのか？」

「だって！　アルヴィスさまもほしいって言ったのに、カーネイルさまが手伝ってくれないから！」

「――くそっ、話にならない！　俺は動けないんだよ！　最近追跡が激しくて場所も変えたんだ！　これ以上俺を煩《わずら》わせると一番になれなくなるぞ、いいのか？」

カーネイルの怒声にラビナはくしゃり、と顔を歪め「じゃあどうすればいいんですか」と縋る。

「いいか、まずはコンラットを手中に収めろ。発言力のある家の男共もいつも通り動かせ。コンラットを完全に取り込んだら次は子を孕め」

「ええ……結婚するだけじゃ駄目ですか？」

「結婚だけじゃまだ弱い。ちゃんと言う通りにできれば、お前はこの国で一番になれる。それに、言う通り動けばご褒美もやるよ。アルヴィス・ラフラートがほしいんだろう？　全部できたら……

ご褒美にやるから」

「……！　本当ですかっ」

それなら頑張ります！　と、機嫌を直したラビナにカーネイルも笑う。

「ああ。ラビナはいい子だからできるよな？　数ヶ月後にはお前はこの国で一番になれる」

「嬉しい……早く一番になりたいです」

ラビナはカーネイルにしなだれかかり、うっそりと笑った。カーネイルも口角を上げ、自分の言う通りに動くラビナを褒めてやる。

ぴた、と体を擦り寄せるラビナにカーネイルは溜息をついて覆い被さった。そして自分の声に魔力を乗せ「こう動くように」と何度も何度も言い聞かせた。

第五章

ハフディアーノ公爵家で話し合いを行ってから数日後、学園長からエレフィナ宛に手紙が届いた。

エドゥアルドが報告したことへの返答だろう。

一体どんな答えなのか。許可か、不許可か。

エレフィナは緊張しながら封蝋をパキン、と割り、手紙を取り出す。

二つに折りたたまれた上質なそれを広げると、〝オメアラ子爵家の子息、ケトニック・オメアラを退学処分とする〟という文章が目に飛び込んできた。

「――！」

その瞬間、エレフィナは思わずソファから立ち上がる。早鐘を打つ心臓に手を添え、いつ処分が行われるのかを急いで確認した。

「――来週、早々に処分なさるのね。ようやく……！」

自分を苦しめた者たちを、この国の貴族でありながら、その自覚がない者たちを、ようやく断罪することができる。

エレフィナは手紙を封筒に仕舞い、明日の昼食の時間にアルヴィスに報告しようと決めた。

今日は学園から帰るなり手紙のことを知らされたため、サロンに行っていない。

「きっとお兄様が心配なさってますわね……早くご報告しなければ！」

エレフィナは自分を心配しているであろうエヴァンが待っているサロンに急いで向かった。


サロンに入ったエレフィナは、ソファに座っているエヴァンに呼びかけた。

「エヴァンお兄様」

足を組んで優雅に紅茶を楽しんでいたエヴァンが、エレフィナの声に反応して勢いよく立ち上がった。

「フィー！　もう用事はいいのかな？」

「はい。お待たせしてしまい、申し訳ありません」

いつものように頭を撫でてくれたエヴァンに、エレフィナも笑みを返す。

エヴァンの隣に腰を下ろしたエレフィナは、ひとまず紅茶で喉を潤した。

鼻腔をくすぐるフローラルな香りを楽しむ。

すっきりとした味わいながら、喉に甘みが残る紅茶に自然と笑みが浮かぶ。

「エヴァンお兄様。学園長からお返事をいただきました」

エヴァンにはこの言葉だけで十分伝わるだろう。

エレフィナの言葉を正しく理解したエヴァンは、にんまり笑ってエレフィナの頭を撫でた。

「お疲れ様、フィー。長い間よく頑張ったね。……アルヴィスには明日伝えるのかい？」

「はい。明日、昼食をご一緒する際にお伝えしますわ」

エヴァンは頷く。

「わかった。それでは。南部のシュタイナーズ伯には父上から伝えてもらう。あぁ、エレフィナも連絡してあげた方がいい。伯爵は随分フィーと会っていないだろう？　久しぶりに顔を見たいと言っていたよ」

「そうですわね、私もおじ様とお話ししたいですし、お父様がご連絡する際に私もご一緒いたしますわ。今回のお礼を直接お伝えしたいですし」

「うん、それがいいね」

和やかに話していると、夕食の時間になったので、二人はそろって食堂に移動した。

家族で食事を楽しみつつ、エドゥアルドへ報告し、その後シュタイナーズ伯爵と通信の魔法具で話した。

迷惑をかけているのに、逆に気遣う言葉をもらい、エレフィナは自分が周りの大人に助けられていることを再認識すると同時に深く感謝をした。

きっと、自分一人ではどうすることもできなかっただろう。

エドゥアルドやエヴァン、それにアルヴィスやシュタイナーズ伯爵、学園長にも協力してもらったから、やり遂げることができる。

一人では太刀打ちできなかったかもしれない。

諦め、傷つくだけの学園生活だったかもしれない。

辛いことが多い学園生活ではあったが、未来に希望が持てた。

こうして前向きな気持ちでいられるのは、みんながエレフィナを助けてくれたお陰だ。

エレフィナは自分を手助けしてくれるみんなに感謝して、残り少ない学園生活では胸を張って過ごそう、と強く心に誓った。


翌朝。

学園では、コンラットの粘ついた視線をやり過ごし、ラビナの鋭い視線を無視し、午前中の授業を終えた。そして今、エレフィナは足早に非常階段に向かっている。

週に一度の授業の時以外にも、アルヴィスは毎日学園に来ているらしく、特に決めていなかったが昼食の時間は二人で過ごすことが暗黙の了解となっていた。

(冗談かと思いましたが……本当に私を守るためだけに、毎日学園に……?)

きゅう、と胸が切なく締め付けられる。

非常階段に到着し、見慣れた姿が視界に入ると、エレフィナは胸の高鳴りに気付かないふりをして「こんにちは」と声をかけた。

「ああ、エレフィナ嬢。お疲れ」

アルヴィスがぱっと振り返り、笑いかけてくれた。

エレフィナも笑顔を返し、いつものようにアルヴィスの隣に腰を下ろした。

するとアルヴィスが慣れた様子で防音と幻覚の魔法を張ってくれる。エレフィナはアルヴィスが魔法を発動している間に、バスケットからサンドイッチを取り出した。

二人で一言、二言、言葉を交わしながら食事を進める。

エレフィナはサンドイッチを食べ終え、軽く手を拭うと、学園長から届いた手紙をアルヴィスに差し出した。

王弟の印が押されていることを確認したアルヴィスは、エレフィナを見やる。

「処分の日程の件か？」

「ええ。決まりましたわ」

封筒を受け取ったアルヴィスは「開けてもいいのか？」とエレフィナに問う。

エレフィナが頷いたことを確認したアルヴィスは、封筒を開けて内容に目を通した。

「――なるほど、来週か」

ぽつり、と零されたアルヴィスの言葉にエレフィナは無言で頷く。

来週、一人の生徒が学園を退学処分になる。

誤った行いの責任を、取るのだ。

学園は、ただの生徒同士の可愛らしい諍いでは済まさなかったのだ。

公爵家の人間に無礼な振る舞いを繰り返し、女性を軽視する発言もあった。

愚かな発言に周りも便乗して、公爵家と女性を侮辱した。

行き過ぎた行いだったのだ。

これを許せば、悪しき前例になってしまう。

だから、エレフィナは公爵家の犬が学園にいる、と聞いた時、記憶水晶の魔道具の使用許可を得た。その時その場所であった事柄を確認するために膨大な過去の映像を見た。

確認すればするほど、証拠として有益な映像の数々が発見される。

多くの映像が証拠として使えると判断したエレフィナは、四家の排除を決めた。

証拠がなければ、大した処罰はできなかっただろう。ほんの少し、将来の人事に手を加える程度のことしかできない。

兄が犬を使ってくれていて本当によかった、とエレフィナは過保護な兄に感謝した。

「ええ。ケトニック・オメアラさんには、来週、学園から退場していただきますわ」

「了解した。処分の場には学園長、俺、エレフィナ嬢が同席するということだな」

手紙の内容を目で追っていたアルヴィスが口端を上げた。

「……ちょうどいい。来週、ラビナ・ビビットを含めた生徒たちと、放課後に補習をする予定だ。その前にこの件を片付けよう」

「わかりましたわ、アルヴィス様もラビナさんと接触するのですね」

「ああ。ラビナ・ビビットの背後にいる魔術師を調べないとな」

ぐぅっと伸びをするアルヴィスにエレフィナは強く頷いた。

◇
◆
◇

翌週。

ケトニック・オメアラは、そわそわと落ち着かない様子で学園長室のソファに座っていた。

呼び出された理由が、まったくわからない。

朝、学園に来てすぐに、教員に学園長室に来るように、と告げられた。

学園長室に通されるなり教員は退室し、それから一人にされてしまったのだ。

呼ばれた理由に全く心当たりがないケトニックは、キョロキョロと周りを見回した。

もうすぐ授業が始まる時間だ。

何の用で呼ばれたのだろう。もしかしたら、何かの手違いなのではないか。

ケトニックが学園長室を出て行ってしまおうか、と腰を上げた、その時。

「どこに行くつもりだ、ケトニック・オメアラ」

「……ひぃっ?」

男の低く鋭い声が聞こえた。

部屋には自分しかいなかったはずなのに、とケトニックは周囲を見回して、驚きに目を見開いた。

「アルヴィス・ラフラート！」

いつの間に来たのか。それとも最初から室内にいたのか。

部屋の隅に、壁に背を預けたアルヴィスを見つけたケトニックは、声を震わせアルヴィスの名を叫んだ。

アルヴィスは不愉快そうに眉をひそめる。

「講師を呼び捨てとは、礼儀がなっていないな。学園で何を学んだ」

「う、うるさいっ！　お前はラビナの敵だろう？」

アルヴィスを指さして喚くケトニックに、アルヴィスは溜息をついた。

「人を指さすことも失礼だ。改めろ」

アルヴィスはそう言うなり、自分の指先をくるり、と回した。途端、ケトニックが情けない悲鳴を上げる。

「うわあ？　何だ、指が……！」

自分の意思と反して、アルヴィスへ向けていた指が勝手に動き、腕が下がるのだ。

ケトニックが半ばパニックになっていると、学園長室の扉が開き学園長とエレフィナが姿を現した。

「何だ何だ、騒がしいな。アルヴィス、何かあったのか？」

「学園長。講師として指導をしておりました」

アルヴィスはケトニックを目で示し、肩を竦める。

冷ややかな視線を向けた学園長は、エレフィナに奥のソファに座るよう勧めると、自分も入口から一番近いソファに腰を下ろした。

エレフィナが登場したことで、ケトニックは目尻を釣り上げた。

「学園長！　どうしてこの女がここにいるんですか？　この女はコンラット殿下の想い人、ラビナに酷いことをした女です！」

口汚く自分を罵倒するケトニックに、エレフィナは眉をひそめ冷静に言い返す。

「――証拠はございますの？　貴方たちはいつも酷いこと、と仰いますが……その酷いことの具体的な内容は？　そして、それを私が行った、という確かな証拠がございまして？」

「それ、はっ」

反論できないのだろう、ケトニックはぐ、と押し黙ってしまう。

学園長は長い溜息を吐き、ケトニックを見据えた。

「――確かな証拠もなく、女性に執拗で悪質な言動をし、公爵令嬢を幾度も侮辱した。よって、ケトニック・オメアラを本日を持って退学処分とする」

――退学処分とする。

低く、凛とした学園長の声が、室内に響く。

「……え？」

ケトニックはポカンと口を開け、学園長を見つめた。

学園長は「理解できなかったかい？」と微笑む。

「では、もう一度言おう。ケトニック・オメアラ。君は退学だ」

先ほどよりも簡潔に、きっぱりと告げられたケトニックはさっと顔色を変えた。

「ちょ、待ってください！　何で、そんな！　あれくらいで退学処分なんて、横暴です！」

学園長は眉をひそめ、先ほどよりも低く、地を這うような声音で言葉を紡いだ。

「まだ、事の重大さを理解できていないようだな。君たちは、何のためにこの学園に入学した？　貴族のルールを学び、魔法を学び、国のため、国民のためにできることを考える場所なのだ、ここは。入学時に説明したのに、それすらも忘れてしまったのか」

室内にぴり、と緊張が走る。

学園長は、無機質で無感情な瞳で真っ直ぐケトニックを見据えている。いつも優しく微笑んでいる「学園長」とは別人のようだ。

自分が言われたのではないのに、エレフィナは学園長から放たれる威圧感に体を縮こまらせた。

直接向けられているケトニックは、真っ青になってカタカタと震えている。

様子を見守っていたアルヴィスは、エレフィナの背後に歩み寄り、安心させるように肩に手をおいた。

「王弟殿下。魔力を収めてください。エレフィナ嬢が魔力にあてられています」

学園長ははっと目を見開き「ごめんごめん」と、へらりとした笑みを浮かべた。

王族の、しかも力のある魔術師の攻撃的な魔力が室内に充満し、耐性のない生徒は息をするのもやっとだ。

だが、アルヴィスに諫められると、学園長は「王弟」の姿から普段の温和な「学園長」の姿に戻った。

息苦しかった部屋の空気が軟化し、エレフィナは深く息を吸い込んだ。

「すまなかったね、ハフディアーノ嬢。あなたを巻き込んでしまった」

眉を下げて謝罪する学園長に、エレフィナは慌てて首をぶんぶんと横に振る。

「とんでもございません！　お気遣いいただきまして恐縮ですわ」

「ふふ、ありがとう」

和やかな雰囲気に戻った学園長の姿を見て、アルヴィスはほっとした。

アルヴィスが王族の中で一番恐れているのは、王太子である第一王子なのだが、この王弟も曲者である。温厚そうに見えて、実は王族の誰よりも怒らせてはいけない人物だ、とアルヴィスは認識している。

普段は滅多なことで怒りを表に出さないが、今回のように道を踏み外した者や貴族としての振る舞いを誤った人間に対しては、厳しい態度を見せる。

学園長がゆるり、とケトニックに視線を向けた。

「まだいるのかい？　話は以上だ。早急に学園を出ていきたまえ」

学園長は吐き捨てるようにそう言うと、興味を失ったように視線を外す。

ケトニックはのろのろと緩慢な動作で立ち上がった。未だガタガタと震え、ボロボロと涙を零している。

「何で、こんなことに、畜生……！　俺は、ラビナに、何で、くそっ！」

訳のわからない言葉を呟きながら退出する背中をエレフィナは何とも言えない気持ちで見つめた。

「——で？　アルヴィス。何か見えたかい？」

一瞬で「学園長」から「王弟」の顔つきに変わった王弟は、アルヴィスに問いかける。

アルヴィスは姿勢を正して答えた。

「ケトニック・オメアラに精神干渉を受けた形跡は見られませんでした」

「そうか……他は？」

エレフィナが何のことだろう、と二人の顔を交互に見ていると、この場にアルヴィスが同席した理由を王弟が説明してくれた。

「アルヴィスには、ケトニック・オメアラが精神干渉を受けていないか確認してもらったんだ。彼は解呪の魔法が使えるからね」

「……そ、そうだったのですね」

「ああ。だが、精神干渉は受けていなかったのか……」

王弟は顎に手を当て、何事か考え込んでいる。

アルヴィスはその様子を見ながら「ですが」と続けた。

「〝魅了〟や〝蠱惑〟などの上位の精神干渉魔法は使用されていないようですが……〝信用〟などの下位魔法を使用されていた可能性はあります」

王弟は眉がぴくり、と上げ、表情を強張らせた。

「信用を？　……そうなると、下位魔法を他にも複数かけられていた可能性があるかもな」

「ええ、仰る通りです。ラビナ・ビビットはああ見えて魔法の扱いに長けている。であれば、その程度の魔法の発動は容易《たやす》いかと」

「洗い出すとしても骨が折れるな」

王弟はふう、と溜息をつき、天井を仰いだ。

これからこの学園で、色々なことが起きるだろう。

そして、それは次第に国を巻き込んだ騒動に発展していく。

その時を狙って、相手は動き出すはずである。

これから国内で巻き起こる事態を思い、王弟とアルヴィスは頭を悩ませた。

◇◆◇

ケトニック・オメアラは口汚い言葉を呟きながら学園の廊下を足早に進んでいた。

既に授業が始まっている。そのため、静まり返った廊下には人の姿がなく、苛立った足音だけが響いている。

「くそっ！　くそっ！　何で俺がこんな目に……、ラビナは正しいのに！　ラビナが言うことは、全部全部全部正しいのに！」

退学処分になった、と父親に報告したらどうなるか。

学園を卒業することができなかった、退学処分を受けた貴族がこの国でどのような目で見られるか。

それを考え、ケトニックはぞっとした。

将来、国の要職に就くこともできず、家族からも見捨てられて、平民として暮らすしかなくなるのではないか。

「嫌だ、嫌だ――何で、俺だけが……っ」

とうとう耐えきれず、ケトニックは溢れる涙をそのままに、背中を丸めながら学園を後にした。

◇◆◇

「――出ていったみたいだな」

アルヴィスはいつもの非常階段から遠視の魔法でケトニックの姿を確認していた。

ぽつりと呟き、大人しく階段に座っているエレフィナを静かに見つめた。

あれから。

エレフィナとアルヴィスは学園長室を退出したが、午前の授業にはもう間に合わない。そのため、昼食の時間まで非常階段で時間を潰していた。

アルヴィスはエレフィナから拳一つ分離れて隣に腰を下ろすと、黙りこくっているエレフィナを横目で見やる。

「あれは、自業自得だ。強力な精神干渉が施された形跡はなかった。自分で判断し、行動した結果なんだ。貴族として、自分の行動や言動には責任をとる必要がある」

だから、エレフィナ嬢が気に病む必要はない。

アルヴィスはそう優しく呟き、俯くエレフィナの頭にぽん、と手を置いた。

「目を背けてはいけませんわね。私がやったことですもの」

エレフィナが自分の意思で、一人の若者の未来を潰した。

相手もそれだけのことをしたのだ、と頭ではわかっている。それでも、やはり晴れやかな気持ちにはなれない。

「人の人生を嬉々として壊すような人間は、ろくでもない奴だ。その気持ちを忘れるなよ」

「……ええ、そうですわね」

エレフィナはアルヴィスの肩にこてん、と頭を預け、そっと階下へ視線を落とす。

「これから、ですもの……、しっかりしますわ」

「ああ。だが、辛くなったら我慢するなよ」

アルヴィスはエレフィナの肩を抱いて自分にもたれさせる。そうして慰めるように肩を叩いた。

「三日後の補習で、ラビナ・ビビットの背後にいる人間の手がかりを得られればいいが……」

「私も同席しましょうか？　ラビナさんはその、私に凄く敵対心を燃やしておられるので、感情に揺さぶりをかけられるかもしれませんわ」

アルヴィスは瞳を瞬かせ、「それいいな」と素直にエレフィナの申し出を受け入れた。

「私も、できればアルヴィス様の授業はたくさん参加したいですわ」

魔術師団の副団長の授業を受ける機会なんてそうそうない。

アルヴィスの魔術に関する知識・考察、魔力を術に昇華させる様は美しい、の一言だ。

せっかく学園で講師をしてくれるのだ。数少ない機会で盗める物は盗みたい、とエレフィナはきらきらと瞳を輝かせる。

「……俺は別に、エレフィナ嬢に個人的に教えてもいいんだけどな……」

「え？」

ぼそり、と呟かれたアルヴィスの言葉はエレフィナの耳に入ることなく消えた。


帰宅したエレフィナはエドゥアルドとエヴァンに学園での出来事を報告した。二人は何も言わず、ただエレフィナの肩や背中を励ますように叩いてくれた。

エレフィナは二人に何度もありがとう、と告げ、次の人物の準備に取りかかる。

一人目と同じように集めた証拠と報告書をエドゥアルドに渡す。そうすると、エドゥアルドが学園に報告してくれる。そうすれば後はもう、同じ流れだ。

後日、二人目の処分日が記載された手紙がエレフィナに届くだろう。

毎日少しずつ準備していると、あっという間にアルヴィスが言っていた補習の日になった。


補習当日。

アルヴィスの授業が終わると、通常であれば学園生はそのまま帰宅する。

だが、今日はラビナから強い要望を受けたアルヴィスが、希望者に補講をすると告知していた。

体調不良で欠席した者や、授業内で理解できなかった者を対象に、希望者は自由に参加できるアルヴィスの補講には、二十名近くの生徒が集まっていた。

これは二クラス程度の人数で、普通の授業とほぼ同じ人数だ。

「やだ～！　何でこんなにたくさん人がいるの？　アルヴィスさまと二人きりじゃないの？」

ラビナが不貞腐れたような声を上げ、実技棟に入ってくる。

ラビナの隣にはもちろんコンラットの姿もあり、コンラットはエレフィナに気付くと気色の悪い視線を送ってきた。

ラビナは不思議そうにコンラットの視線を追い、エレフィナに気付いた瞬間、醜く表情を歪めた。

「ちょっと！　どうしてエレフィナがここにいるの？　さいっあく！　コンラットさま、あの女を追い出してください！」

「エレフィナ嬢を追い出す必要はないだろ。今日の補講は誰でも参加可能だ。ただの生徒であるお前に、誰かを拒否する権限などない」

ラビナの喚きを、アルヴィスが淡々と却下する。

アルヴィスの声に反応したラビナはコロッと態度を変え、アルヴィスに擦り寄っていく。

隣のコンラットのことを忘れたのだろうか、と周囲にいた学園生は困惑している。

「アルヴィスさまぁ！　私、アルヴィスさまと二人っきりだと思ってたんです」

「……じゃあ何でコンラット殿下を連れて来たんだ？」

二人きりだと思っていた、と言いながらコンラットを連れて来たラビナの行動は矛盾している。

ラビナは不思議そうに首を傾げながら答えた。

「え？　だって、コンラットさまが私と一緒にいるのは、当たり前のことですよ？」

「……」

——王族を何だと思っているのだろうか。

ラビナの言葉は、コンラットをまるで自分の所有物だと言っているようなものだ。不敬罪で処罰されてもおかしくないのに、周囲の者はどうして注意しないのか。

コンラット自身さえ、不快な表情一つ浮かべておらず、むしろ誇らしげに笑みを浮かべている。

「何だ、この気色の悪い連中は——」

ついついアルヴィスの口から本音が零れる。無意識にエレフィナを見ると、アルヴィスの視線を受けたエレフィナが唇の動きだけで伝えてきた。

——これが、この学園では当たり前ですわよ？

エレフィナはにこり、と綺麗に微笑み、アルヴィスは口元を引き攣らせた。

「……補講を開始するぞ」

「はぁい」

頭が痛いのだろう、アルヴィスが額に手を当てつつ呟くと、ラビナが甘ったるい声で答えた。

補講の内容は、先日行った授業の復習だ。

魔力を術に昇華し、魔法を放つ、という単純な内容である。

攻撃的な魔法ではなく、下位魔法の「光の玉」を作るというものだ。光の玉は照明にもなり、それ以外にも様々な用途がある。

この魔法を覚えれば、わざわざ火を起こす必要がなくなり、この魔法を魔石に込めれば、魔道具のランプを作成することもできる。

簡単な魔法だし、魔力回路も単純。

……慣れれば、の話ではあるが。

下位魔法の魔力回路を理解できなければ、魔法に対する感性は皆無。恐らく、一生魔法の仕事には従事できないだろう。

先日の授業で既にエレフィナは光の玉を作ることには成功していたが、効果が長く継続しない。魔力を練ることにまだ不慣れなのだろう。

「あと少しでわかりそうなのですが……」

「エレフィナ嬢はもうすぐ理解できそうだな」

エレフィナは一人、離れた場所で光の玉を何度も作っては消滅し、を繰り返していた。うんうん唸っていると、いつの間に近付いてきたのだろうか。アルヴィスが背後から話しかけてきた。

「ひゃっ！　アルヴィス様！　急に話しかけないでくださいまし！」

「……ごほっ、コツが掴めないか？」

アルヴィスの声に驚いたエレフィナが悲鳴を上げる。アルヴィスは小さく何かを呟いた後、咳払いをしてエレフィナに普段通り話しかけた。

二人で話していると射抜くような鋭い視線を感じるが、エレフィナは無視して頷いた。

「ええ、そうなのです。何回やっても消えてしまって……あと少しで何かわかりそうなのですが」

「そうだな、安定させれば魔石に込めることもできるようになるだろう。そうすれば簡単に魔道具が作れるようになる」

「まあ！　そうなのですね、魔道具、作ってみたいですわ！」

キラキラと輝く瞳でエレフィナに見つめられ、アルヴィスは「可愛いな」と先ほど口に出しそうになった言葉を胸中で呟いた。

「コツを掴むには、魔力の流れを感じるのが一番の近道だ。触れるぞ」

「は、はいっ」

「俺の魔力を感じてみてくれ」

アルヴィスはエレフィナの手に自分の手を重ねた。

人に触れながら魔法を使用すると、魔力の流れを感じることがある。

それには感性が必要だが、エレフィナならば大丈夫だろう。

光の玉を作成するため、魔力を練り上げ魔法を発動する。

一瞬ぱっと明るくなり、光が収まるとエレフィナの前にアルヴィスが作った光の玉が浮いている。

その光は暗すぎず、明るすぎず、ふわふわと空中を漂い続けている。

「感覚が掴めたか？」

アルヴィスがエレフィナの顔を覗き込むと、エレフィナは頬を紅潮させながら「もちろんですわ！」と頷く。

アルヴィスに手のひらを重ねられたまま、エレフィナも魔法を発動した。

触れた手のひらを介し、エレフィナの魔力がアルヴィスにも流れ込んでくる。

アルヴィスの体にエレフィナの魔力が流れ、そして二人の前にぽわ、と光の玉が浮かんだ。

「――できましたわ！」

嬉しそうに破顔するエレフィナと目を合わせ、アルヴィスも笑顔を浮かべる。

「ああ、エレフィナ嬢はやっぱり感性が優れているな」

楽し気に会話をする二人を、ラビナは憎しみの籠《こも》った目でじっと見つめる。

その視線をひしひしと感じたアルヴィスは、ちらりとラビナに視線を向けた。

嫉妬、憎悪……ラビナの顔には様々な感情が浮かんでいた。

（……うまく刺激できた、か？　興奮して何かしら口走ってくれればいいが）

アルヴィスがそう考えていると、怒りに満ちた表情を浮かべたまま、ラビナが近付いてくる。

二人の前まで歩いてきたラビナは、エレフィナを睨みつけてからアルヴィスに擦り寄った。

「アルヴィスさま、私もうまく魔法が発動できないんです。私にもアルヴィスさまの魔力を流してもらってもいいですか？」

アルヴィスに触れようと、ラビナが腕を伸ばしてくる。アルヴィスはそれを巧みに避けた。

「君はもうこの魔法を使えるだろう。俺が魔力を流して説明する必要はないと思うが？」

びくり、と肩を震わせたラビナに、アルヴィスは「やっぱりな」と胸中で呟く。

エレフィナやコンラットに聞こえぬよう、アルヴィスは声を潜めた。

「ラビナ・ビビット。君は魔法に関する知識や理解が深い。この学園に入る前から、君はもう魔法を使えていたんじゃないか？」

動揺したように視線を揺らすラビナに、アルヴィスは口角を持ち上げた。周囲に聞かれないよう注意しながら、さらに揺さぶる。

「その反応、肯定しているようなものだが大丈夫か？　学園に入学する前に魔法を学ぶことや、入学する前の子供に魔法を教える行為は、この国では犯罪だ。……まさかそれすらも知らなかった、なんて言わないよな？」

「ち、違います……私は、学園で、必死に勉強して覚えていったんです」

必死に言い訳するラビナを、アルヴィスはじっと観察する。

視線はあちらこちらにぶれ、しきりに両手の指を動かしている。落ち着きない様子に、アルヴィスは「慌てはじめたな」と口内で呟いた。

このままラビナを焦らせ、失言を誘いたいのだが、それには――

（コンラット殿下がいなければな……）

ラビナにぴったり張り付いているコンラットが邪魔である。

アルヴィスはちらり、とコンラットに視線を向けた。

「コンラット殿下、さっきからラビナ・ビビットの近くにいるだけで何もしていないが、魔法は発動できたのか？　確か……以前の授業で殿下は発動できていなかったと思うが」

「――貴様！　私にそんな口をきいていいと思っているのか……！」

「ならば、今すぐ魔法を発動してみせてくれ。既にできているのであれば、ラビナ・ビビットと共にこの補講から出ていってほしい。真面目に補講に参加している生徒たちの邪魔だ」

追い出される、と焦ったラビナは慌ててコンラットに向き直った。

「コンラットさまぁ！　真面目に魔法の補講を受けましょう？　私もちゃんとアルヴィスさまに教えてもらいたいのです、ね？」

「あ、ああ……。ラビナがそう言うなら……」

ラビナがコンラットに抱きつき、甘えるように言うと、コンラットは表情をだらしなく緩めた。

ラビナの腰に腕を回して強く抱き締め、コンラットはアルヴィスに勝ち誇ったように笑う。

黙って二人を観察していたアルヴィスは、ラビナが自分の声にうっすら魔力を流し込んでいるのを確認した。

「――やっぱりな」

ぽつり、と呟いたアルヴィスの言葉に、ラビナは「え？」と引きつった表情で返す。

「ど、どうしたんですか、アルヴィスさま？　ね、私も一生懸命やるので教えてください。さっきアルヴィスさまが言っていたこと、私にはよくわからないんです」

とぼけたように話すラビナを、アルヴィスは正面から真っ直ぐ見返す。

愚かにもラビナ・ビビットは、アルヴィスに話しかける時も魔力を乗せている。

「悪いが、俺には精神干渉の耐性があるから〝それ〟は効かないぞ」

「――っ」

大きく肩を揺らしたラビナは、即座にその場から離れようとした。

焦りに見開かれた目に、動揺が見える。

「待て。ラビナ・ビビット」

「何ですか？　さっきみたいなことを言われても、私にはわからないです！　もう、いいですか？　ちゃんと、しますから！」

にこやかに振り向いたラビナは何もわからない、というように首を傾げ、上目遣いで言い募る。

どうにか誤魔化してこの場から逃れたいようだ。

アルヴィスは口元に笑みを乗せた。

「……そうか。喋りたくないのなら仕方ないな。俺への攻撃の責任は、ラビナ・ビビット。君が負うことになるだろう」

「――え？」

ラビナは何で？　どうして？　と、ぶつぶつ呟く。

アルヴィスは話は終わりだと言うように離れていく。

あっさり話を切り上げたアルヴィスに、ラビナは慌てて追い縋った。

「ちょ、ちょっと待ってください、アルヴィスさまぁ！　攻撃なんて……！　そんな恐ろしいこと、していません！」

「まだ言うのか？　俺に魔力を乗せた言葉を放っただろう。君は学園の講師への攻撃と、魔術師団員への攻撃、二つの罪に問われる」

「違いますっ、私そんなことしてません……っ」

「じゃあ、俺に使用した下位魔法はどう説明するつもりだ？」

「だって……、だって……」

ラビナは真っ青になりながら、忙しなく視線をさ迷わせている。

言い訳を探しているのだ。

アルヴィスには、ラビナが常用していた〝信用〟の魔法が効かない。

その事実に半ばパニックになったラビナは、うっかりその名前を呟いた。

「だって……カーネイルさまが……、使っていいよ、って言ったから……」

（カーネイル？　この国の魔術師の名前か？）

ラビナはアルヴィスに聞かれているとも思い至らず、そのままぶつぶつと何かを呟き続けている。

「そうよ、私はアルヴィスさまがほしいって、何度も言ってるのに……」

「埒が明かないな。ラビナ・ビビット」

アルヴィスがラビナを問い詰めようとした瞬間、背後からコンラットの声が重なる。

「ラビナ……！　俺は魔法の発動に成功した。戻ろう！」

「あっ、コンラットさまぁっ」

ラビナはぱっと顔を輝かせ、「待ってくださいコンラットさま！」と叫びながら逃げるようにアルヴィスから離れた。

逃げる最中、ちらりとアルヴィスに視線を向けたラビナは、怯えた表情でコンラットに何かを耳打ちしている。

　アルヴィスは勝手に出ていってしまった二人の背中を見つめながら「カーネイル」という名前をしっかり記憶に刻んだ。


　放課後。

　補講が終わった後、エレフィナとアルヴィスは、学園生たちが実技棟を出て行くのを待った。

　並んでソファに座り、アルヴィスは先ほどラビナの口から出たカーネイルという名前について、エレフィナに聞いてみた。

「エレフィナ嬢、カーネイルという名前に聞き覚えはないか？」

「カーネイル、ですか……？」

「ああ。男の名前のようだが、うちの魔術師団にも、魔道具研究員や魔法に関わる機関にもいないんだよな……」

「私も聞き覚えがありませんわね。……学園でラビナさんに味方する生徒の誰かではないと思います」

　エレフィナは申し訳なさそうに眉を下げて答える。

「そうか。恐らく、ラビナ・ビビットに魔法を教えた人物だと思うんだが……魔法に関する機関にも、学園にもいないか」

　カーネイルという名前だけでは調べようがなく、アルヴィスとエレフィナは頭を悩ませたが、二人だけではどうしようもない。

これはまた公爵家の力を借りるしかないな、と考えをまとめ、アルヴィスはソファから腰を上げた。

「俺たちだけで考えても仕方ないな。明日、公爵家に伺うよ。後で連絡しておく」

「わかりましたわ。それでは明日は一緒に馬車で向かいましょう」

「ああ、よろしく頼む」

アルヴィスは施錠を確認するため、窓際に歩み寄った。

すると、窓から見える教室に、ラビナがいるのが見えた。

「――あれは、ラビナ・ビビットか」

「え？」

実技棟から出て行こうとしていたエレフィナが、アルヴィスの言葉に反応して戻ってくる。アルヴィスと同じく窓の外を覗いた。

恐らく、ラビナがいるのはどこかの空き教室だろう。ラビナは窓際のソファの傍で振り返り、何か話している。

もしかしたら誰かと一緒なのかもしれない。

「コンラット殿下といるのか？」

ラビナの傍に常に侍っているのはコンラットだ。だからコンラットの名前が自然と口をついて出たのだが、そこでアルヴィスははっとした。

以前、見たくもない光景を目にしてしまったことを思い出したのだ。

（コンラット殿下のことだ、あそこでことに及ぶかもしれない……！）

アルヴィスは、エレフィナの視界に嫌なものが映らないように、と慌ててエレフィナに向き直った。しかし、彼女は既に階下に注目している。

「あら、本当ですわね。誰かと一緒のようです。殿下でしょうか？」

唇に指を当てているエレフィナの視界を覆い隠すため、アルヴィスは手を伸ばした。

その瞬間、エレフィナが声を上げる。

「──あら、一緒にいらっしゃるのは他の男性ですわ」

「なに？」

エレフィナの言葉に驚いたアルヴィスも、教室の方に視線を向ける。

二人が見つめる先で、学園の制服を着た男が微笑みを浮かべ、ラビナに話しかけている。

ラビナも微笑み返すと、そっと男に近付き、その耳元で何かを囁いた。

ラビナの口から男の耳元辺りで、微量な魔力の光の粒がきらり、と光っている。

エレフィナは気付いていないようだが、アルヴィスにはしっかりとその魔力残滓が見えた。

「なるほどな。ラビナ・ビビットはああして複数の人間に魔法をかけて回っていたのか」

「え……？　そ、そうなのですか？」

目を見開くエレフィナを横目で見ながら、アルヴィスはこくりと頷く。

下位魔法の〝信用〟程度であれば、自分の声に魔力を乗せることで、簡単に発動できる。

まだ魔法を習い始めたばかりの学園生は抵抗などできずに、ああして簡単に操られてしまうだろう。

ラビナ・ビビットの手口を確認したアルヴィスは、公爵家にもう一つ手土産ができた、と考えた。

観察を続けていると、ラビナと男の雰囲気が妖しさを纏い始める。

ラビナは男の首元に自分の腕を絡め、体を寄せて明らかにソファに誘導している。

この先の展開が見えたアルヴィスは、エレフィナを早くこの場から遠ざけようと、手首を掴んで引き寄せた。

「エレフィナ嬢。ひとまず帰り支度を。準備ができたら馬車に送る」

「待って、待ってくださいまし、アルヴィス様！　あの生徒——次にこの学園からいなくなっていただく予定の方ですわ！」

「なに？」

アルヴィスが急いで先ほどの教室を確認すると、ソファに雪崩込んだ二人の姿が視界に入った。

ラビナを押し倒し、馬乗りになっている男の顔がはっきり見えた。

「あの人は、フィリップ・ユスティノフ。侯爵家三男で、確か兄が騎士団に所属しておりますわ」

アルヴィスは男の名前と顔を記憶すると、これ以上嫌な光景をエレフィナに見せないよう、今度こそ彼女の手を引いて足早に実技棟を出た。

エレフィナの手を掴んだまま、アルヴィスは教室に向かう。

(やはり、ラビナ・ビビットは力のある家の男と寝て、ああして信用魔法を……)

「アルヴィス様……っ、ちょ、ちょっと速すぎましてよっ！」

「――悪い！」

アルヴィスは考え事に集中し、エレフィナを引っ張っていたことに気付き、足を止めた。

「うぶっ！」

振り向くと、エレフィナが勢いのまま飛び込んできた。

エレフィナは鼻を強かに打ち付け、アルヴィスを恨めしげに睨め付ける。

精一杯じとっとした目で睨み付けている――つもりなのだろうが、痛みで瞳は潤んでいるし、上目遣いだしで、全く効果はない。逆にアルヴィスは頬を染めた。

「わかっていてやってるのか……？　いや、わかってないよな……」

「アルヴィス様？　何をぶつぶつ仰っているのですか、急に足を止めないでくださいまし！　わかっておりますの？　私は、今、アルヴィス様のせいで鼻を打ちました」

じんわり赤くなっているエレフィナの鼻先を見て、アルヴィスは素直に謝罪を口にする。

「悪い、悪かった。考え事をしていたんだ……大丈夫か？」

エレフィナの顔を覗き込むと、エレフィナは「大丈夫ですわ！」と言い残し、教室までスタスタと歩いていった。

アルヴィスは苦笑しながらエレフィナの後を追った。

◇◆◇

アルヴィスはエレフィナを馬車まで送った後、学園長に「カーネイル」という男について報告した。

その後、魔術師団の宿舎に転移魔法で帰還した。

アルヴィスは、この国の全魔術師団員の記録を閲覧できる。

隊服に着替え、政務室で閲覧に必要な鍵を取ると、その足で王立図書館へ向かった。

覚えていないだけで、「カーネイル」という男は魔術師団にいるのかもしれない。念のため、確認しようと思ったのだ。

アルヴィスが姿を見せると、衛兵がはっと敬礼する。

軽く手を上げて応え、アルヴィスは王立図書館の奥、特殊な鍵を持つ者しか入れない資料室に入室した。

適当な席に陣取り全団員の名前をさらっていくが、やはりカーネイル、という人物はいなかった。

それならば、既に退役した者か？　と考え、ざっと十五年以内の退役者の名前も調べたが、やはりいない。

「――あれほどの魔法の使い手だ……魔術師団にいないとなると、この国の者ではないのか？」

それならば、なぜこの国の国民に魔法を教えている？

何の目的があって？

そこまで考えて、アルヴィスは最悪の事態に思いあたり、背筋に嫌な汗が流れるのを感じた。

「いやいや、まさか、な？」

額に手を当て、考え込む。

だが、「そう」だと考えると様々なことに合点がいく気がして、アルヴィスは乾いた笑い声を零した。

ハフディアーノ公爵家が、隣国スロベストと手を組むに至った動機。

それは「最悪の事態」を見越して動いたのではないか。

確かに、スロベストと手を組めば被害を抑えられるだろう。

だが、本当にこんなことができるのか？　と、アルヴィスは混乱する。

公爵とエヴァンは、エレフィナを尋常ではないほど溺愛している。

エレフィナの力になれるのであれば、自分の結婚ですら利用する。それがエヴァンという男だ。

アルヴィスは、自分の友人の度を越したシスコンぶりにぞっとした。

そして、アルヴィスは家族から溺愛されているエレフィナに心を寄せている。

エレフィナと今後も共にいたいが、そうするとあの父と兄が付いてくるのだ。

あの二人はむしろエレフィナを嫁になど行かせる気はないのではないかと思い、アルヴィスは項垂れた。

◇◆◇

「カーネイルさま！　お待たせしましたぁ」

ボロボロの建物の扉を開けたラビナは、ソファに座って本を読んでいるカーネイルに背後から勢いよく抱きついた。

カーネイルは本から視線を上げ、ぱたりと閉じる。

「遅かったな。誰かと遊んできたのか？」

「今日はカーネイル様が前に言っていた人にお願いしてきました」

甘ったるい声を上げるラビナに、カーネイルは口角を持ち上げ「よくやったな」と、頭を撫でてやる。

「だけど、最近コンラットさまからのお誘いが多くって。一度寝たら学園でも求めてくるようになってしまって、ちょっと動きにくいんです」

「あぁ……、初めて女を抱く快楽を知ったんだ。そのことばかり考える時期だろうよ」

「今日も、振り切るのがすっごく大変で……それに、コンラットさまは乱暴だから嫌いです！」

やっぱり一番はカーネイルさまだわ、と擦り寄ってくるラビナを適当にあしらいながら、カーネイルは言葉を続ける。

「で？　あれから約束通りアルヴィス・ラフラートには手を出していないだろうな？」

「……っえぇ。もちろんですよ～！　ね？　私ちゃんと、カーネイルさまの言うこと守れるでしょう？」

後ろから抱きついていたラビナは一度体を離し、ソファの前に回り込んでカーネイルの顔を覗き込む。

「ああ、これからもあの男だけは刺激しないようにしろよ。それと、コンラットが煩《わずら》わしかったら他に目を向けさせればいい。ラビナが断り続ければ、勝手に元婚約者殿の方に行くだろう？」

「――そうですね、カーネイルさまの言う通りです！」

ラビナはぱあっと表情を輝かせ、にんまりと笑った。

第六章

王立図書館で遅くまで調べ物をしたアルヴィスは、翌日、学園の自分用の準備室で仮眠をとることにした。

今は午前の授業中だ。

昼食までは、まだ十分時間がある。

アルヴィスは目元を腕で覆い、襲ってくる睡魔に抗わず、そのまま眠りに落ちた。


「お昼、ですわね」

エレフィナは午前の授業が終わると、非常階段に向かった。

いつもアルヴィスが先に着いていて、エレフィナを待っている。今日こそは先に着きたい、と急いだエレフィナだったが、非常階段には既にアルヴィスの姿があった。

エレフィナの気配に気付いたアルヴィスが振り返る。

「ああ、エレフィナ嬢。お疲れ」

アルヴィスの顔色と、目の下にくっきりと残っている隈にぎょっとして、エレフィナはつい大きな声を上げた。

「アルヴィス様！　隈が酷いですわ、寝ていませんの？」

アルヴィスはへらり、と笑って「調べ物をちょっとな」と誤魔化した。

「調べ物って……そんなに無理をしてまでする必要はございませんわ。きっと、ラビナさん関係でしょう？　私にもお手伝いできることがあるはずですし、無理せずしっかり休んでくださいませ」

目尻を吊り上げ、アルヴィスの体調を心配するエレフィナにアルヴィスはついつい苦笑してしまう。

「そうだな。それなら、昼食はいいから少し仮眠してもいいか？」

「ええ、そうしてくださいませ。午後の授業に戻る前に起こしますか？　でも、ご自分のお部屋に戻った方がちゃんと体を休められますわね……」

エレフィナはアルヴィスが階段に敷いたハンカチにお礼を言い、腰を下ろす。

睡眠の邪魔にならないように、と静かに昼食の用意をしていると、アルヴィスがエレフィナの膝に頭をのせた。

「――っ!?　アルヴィス様!?」

「……昨日遅くまでカーネイルのことを調べていたんだ……頼むからこのまま寝させてくれ」

なぜ私の膝に！　と言おうとしたが、覇気のないアルヴィスの声に遮られてしまう。

よく見てみると、アルヴィスの顔色は普段より白い。

体調が悪そうなアルヴィスを拒絶することはできず、エレフィナは口篭る。

頬を染めてアルヴィスの顔を睨むが、既に瞳を閉じているアルヴィスは気付かない。

「……この時間だけですわよ」

「……ん」

ラビナに関わる一連の事柄で、アルヴィスにはとても助けられている。

腿から落とす訳にもいかず、アルヴィスの睡眠の妨げにならないよう、エレフィナはじっと黙って動かず耐える。

しばらくして、アルヴィスから規則正しい寝息が聞こえてきた。

「うう……こんな、これって……膝枕というものじゃありませんか」

エレフィナは真っ赤な顔をして、アルヴィスの頭を撫でた。


午後の授業が終了した。

エレフィナは帰宅後に公爵邸で行われる話し合いのため、待ち合わせ場所の馬車停めに向かっていた。

今日はアルヴィスの授業はない。そのため、アルヴィスは魔術師団の副団長として訪問する予定だ。

公爵家が魔術師団の副団長を私物化している、と誤解されるのを避けるため、アルヴィスはあえて「仕事」だとわかるように着替えてくる。

(確かに……他の学園生からしたら、授業がないのにアルヴィス様が学園にいるのは不自然ですものね……。学園長からも依頼されていると仰っていたけど、それを公にはできないですし)

考え事をしながら出入口まで歩く。

(魔術師団の隊服を着たアルヴィス様となら、一緒にいても仕事なんだと思われるでしょうし)

アルヴィスは公爵家の客人として招かれている、と周りに思わせる。そうすれば、いつものように学園生が帰るのを待ってコソコソと馬車に向かわずに済む。

公爵家の馬車が見えてきたが、アルヴィスの姿はまだない。

(馬車の中で待っていればいいかしら?)

そう考え、馬車に乗りこもうとした瞬間、背後から大きな声で名前を叫ばれた。

「エレフィナ!」

「――っ!?」

聞きたくなど、なかった声だ。

あのことがあってからは接触してこなかったため、油断していた。

エレフィナは嫌そうに眉を寄せ、声の主を振り向いた。

「何か御用ですか?　コンラット殿下」

そこにいたのは、傲慢な態度で仁王立ちをしているコンラットだった。コンラットはにたり、と嫌な笑みを浮かべた。

「ああ、二人きりで話したいことがある。これから邸へ帰るのだろう？　その道中でこと足りる、私も同乗するぞ」

ずかずかと近付いてくるコンラットに寒気が走り、エレフィナは後ずさった。

「ここで結構ですわ。他の方と待ち合わせをしていますので、今、この場でお話しくださいませ」

「ここでは話せない。早く馬車に乗り込め」

「――お断りいたします。先日の殿下の振る舞いをお忘れですか？」

周囲の学園生たちの好奇の視線を浴びつつ、エレフィナはアルヴィスが来るのを待ちわびた。

好き勝手に「あの二人、まだ繋がりがあるのか？」「婚約破棄されたのにまだコンラット殿下に未練があるのか」などと囁く声が聞こえて、エレフィナは憤る。

婚約破棄したのだから放っておいてほしいのに、コンラットはまだエレフィナに歪んだ執着を抱いている。

「無理矢理馬車に押し込められたいのか？　素直に私の言うことを聞いていればいいものを……」

コンラットがにたにた、と嫌な笑みを浮かべながらエレフィナに腕を伸ばした。その時、横から現れた手にコンラットの腕が掴まれた。

「嫌がる女性に無理強いするのは感心しませんね、コンラット殿下」

ぎち、とアルヴィスの指がコンラットの手首に食い込み、コンラットが眉をひそめた。

聞き慣れた優しい声音に安堵して、エレフィナは声の主の名前を呼んだ。

「アルヴィス様」

「お待たせして申し訳ございません、エレフィナ嬢」

きっちりと魔術師団の隊服を着込んだアルヴィスは、エレフィナを安心させるように柔らかな笑みを浮かべた。

アルヴィスの登場にあからさまに安堵したエレフィナを見て、コンラットは怒りを顕わにして「離せ！」と声を荒らげた。

腕を振り払い、コンラットはアルヴィスを睨み付ける。

「貴様っ、私の邪魔をするのも大概にしろよ……」

低く地を這うようなコンラットの声を、アルヴィスは軽く鼻で笑った。

「これから我々は公爵邸に行く予定があるのです。ハフディアーノ公爵にご迷惑をおかけしてしまうので、遅れたくないのですが……殿下はエレフィナ嬢にどんなご用事が？」

アルヴィスが学園の講師としてではなく、魔術師団の副団長として対応したので、コンラットも周りの学園生も戸惑いを見せている。

「な、なぜ私が引かねばならんのだ！　私がエレフィナと共に馬車に同乗する、と言っているのだから、貴様が遠慮するのが当然であろう？」

「殿下、そのような我儘は通じませんよ」

アルヴィスは呆れたように言葉を返すと、このまま話していても埒が明かないと判断し、エレフィナに馬車に乗るように促す。

アルヴィスが馬車の扉を開けようとした所で、コンラットに腕を掴まれた。

「まだ私の話は終わっていない！　エレフィナ！　馬車の中で待っていろ！」

コンラットの怒声に、エレフィナの肩が跳ねる。

エレフィナの瞳に怯えが見え、アルヴィスは苛立った。

（くそっ、いい加減イライラしてきた）

心の中で悪態をつくと、アルヴィスは笑顔を張り付けたままコンラットに向き直った。

「コンラット殿下。これ以上妨害されるのであれば、私も――」

「はっ！　貴様に何ができると言うのだ？　たかが雇われ講師風情が、副団長程度の人間が、王族である私の邪魔をできるとでも言うのか？」

アルヴィスの言葉に被せるように、コンラットが嘲り混じりに叫ぶ。

コンラットに掴まれていた腕を払い、アルヴィスは変わらぬ笑顔で言い返した。

「ああ……まだ正式に発表はされておりませんが、私は先日魔術師団の団長に就任いたしました。ご存知ですか、殿下？　魔術師団の団長は、魔法に関する施設において、相応の権限を有しております。これは王家が認めた正当な権限です」

アルヴィスは懐から王弟に渡された任命書を取り出し、コンラットの目の前に広げた。

嘲笑を浮かべていたコンラットは目を見開く。

唖然と任命書を見つめるコンラットに近付いたアルヴィスは、耳元で低く呟いた。

「……女性への婦女暴行未遂。学園の敷地内や、生徒同士の事件なら、私にも殿下を裁く権限がございます」

「……っ」

びくり、と怯えたように視線をさ迷わせるコンラットに、アルヴィスは唸るような低い声で続けた。

「だから……今回は見逃してやるから、さっさと帰れ」

「ひっ」

アルヴィスの圧に耐えられなくなったのか、コンラットは震えながらじりじり、と後ずさり、そして背を向け走り去ってしまった。

遠ざかっていくコンラットの背中を眺めたアルヴィスは、エレフィナに歩み寄る。

心配そうにこちらを見ているエレフィナに肩を竦めて見せ、馬車の扉を開けてエレフィナに手を差し出す。

エレフィナが乗ると、自分も乗り込み扉を閉めた。そしてすぐに馬車が走り出す。

「来るのが遅くなってすまなかったな、大丈夫だったか？」

エレフィナの顔を覗き込むアルヴィスに、エレフィナは笑って礼を述べた。

「大丈夫ですわ、ありがとうございますアルヴィス様。……ですが、コンラット殿下は何を考えていらっしゃるのか」

困ったように眉を下げて呟くエレフィナに、アルヴィスも「本当にな」と苦笑する。

「あんな大勢の前で、強硬手段に出るとは思わなかった」

このままコンラットを野放しにしていたら、今後もエレフィナに接触してきそうだな、とアルヴィスは憂鬱そうな息を吐き、窓の外に視線を移した。

馬車に揺られること、しばし。

ハフディアーノ公爵邸に到着し、先に馬車から下りたアルヴィスはエレフィナに手を差し出した。ありがとうございます、と笑顔で重ねたエレフィナの手のひらを、アルヴィスは無意識に強く握った。

「えっ」

エレフィナの体がびくり、と跳ねる。

動揺したエレフィナは馬車のステップを踏み外してしまった。体がぐらり、と傾き、アルヴィスは慌ててエレフィナを受け止める。

落ちるかも、と恐怖に硬直したエレフィナと、怪我をさせてしまうと焦ったアルヴィス。

「あ、ありがとうございます……」

「いや、今のは俺が悪い。大丈夫か……？」

二人ともばくばくと心臓の音がうるさいほどだった。

そのままの体勢でしばらく固まっていると、二人の背後から聞き慣れた男の声が低く響いた。

「──早く離れたらどうだ、二人とも」

エレフィナの兄、エヴァンが不機嫌そうに立っている。

二人は慌てて抱き合っていた体を離した。

「今日はアルヴィスの他にも客人が来ている。もう客間に揃っているから、二人とも早く来なさい」

アルヴィスとエレフィナは気まずそうに視線を交わし、エヴァンの後に続いた。

「……俺の他にも客人が来てる、ってことらしいが……何か聞いているか？」

「いえ、私も初耳ですわ……」

エヴァンを先頭に廊下を歩きながら、エレフィナとアルヴィスは声を潜めてこそこそ会話をする。

そうしているうちに客間に着き、エヴァンは「帰ってきましたよ」と言いながら室内に入った。

エレフィナとアルヴィスもエヴァンの後に続こうとしたのだが——

「フィーちゃんん！　お久しぶり！」

バタバタと騒がしい足音が聞こえたと思った瞬間、ウェーブのかかった艶やかなプラチナブロンドがあっという間にアルヴィスの目の前を通り過ぎた。その持ち主はそのまま、エレフィナに勢いよく抱きついた。

「ひゃああっ！」

叫び声を上げ、飛びつかれた勢いで後ろに転倒しそうになったエレフィナに、アルヴィスは慌てて駆け寄った。

抱き込むようにしてエレフィナの背中を支えてやると、エレフィナは自分の胸に飛び込んできた人物を見て驚きの声を上げる。

「シリル王女殿下？」

「久しぶりね、フィーちゃん！」

エレフィナに名前を呼ばれた女性——シリルは破顔した。

嬉しそうににこにこと笑いながら、エレフィナの頭を撫でている。

アルヴィスは隣国スロベスト王国の王女の名前が出てきたことに目を見開いた。隣国の王族がこの家にいる意味を考え、公爵家の恐ろしさを再認識する。

（本当にスロベストと縁を結んだのか？）

アルヴィスが呆気に取られる中、エレフィナも突然のシリルの登場に混乱しきっている様子で、目を白黒させている。

「え、えっ、どうしてシリル王女殿下が？」

二人が慌てていると、エドゥアルドがひょこり、と扉から顔を出して三人に早く入室するように促す。

シリルはエレフィナの腕に自分の腕を絡め、さっさと中に入ってしまった。

アルヴィスがポカン、と二人を見つめていると、冷え冷えとしたエドゥアルドの視線を感じた。

「〝団長〟も、早く入ったらどうだい？」

「――失礼、いたします」

先ほど、エレフィナを抱き止めた姿を見られていたのだろう。

突き刺さるようなエドゥアルドの視線を感じつつ、アルヴィスは静かに入室した。

「さて、全員揃ったね」

ソファに腰を下ろした面々をぐるり、と見回したエドゥアルドがゆったり口を開いた。

エヴァンの隣にアルヴィス、その正面にエドゥアルドが座っており、エレフィナとシリルは離れたソファに座っている。

エレフィナの隣に座っているシリルは、エレフィナと腕を組み微笑んでいる。

緊張感のない空気を物ともせず、エドゥアルドは続ける。

「今日、ラフラート団長が来るからちょうどいいと思って、シリル王女にもお越しいただいた。まあ、今後はシリル王女もハフディアーノ公爵家の一員となるのだ。スロベストは今起きている事にも関わっているから、参加してもらおう」

「えっ、シリル王女殿下が？　それって、まさか……」

シリルはふふ、と目を細めて笑いながら答えた。

「そうなのよ、私フィーちゃんの義姉になるの、よろしくね」

エレフィナが驚いたのは一瞬で、すぐに嬉しそうにはにかんでいる。

アルヴィスは、自分の想像が当たった、と呆れ混じりに隣のエヴァンを見やる。

「——何か文句があるのか？」

「別に」

エヴァンが目に険を含ませて問うが、アルヴィスは即座に視線を逸らした。

この男は妹を溺愛するあまり、自分の結婚も妹のために利用したのだ。

エドゥアルドは何事もなかったかのように説明を続けた。

「知っての通り、スロベストは長年帝国の侵略を受けていて、国境は度重なる戦でボロボロだ。そこで、我が家と昔から親交のあったスロベストの王族、シリル王女とエヴァンの結婚を機に、我が国とスロベストは同盟を結んだ。今後、帝国から侵略を受けたら、我が国も防衛に協力する」

エドゥアルドの話が重すぎて、エレフィナはついていくのに必死だ。

「同盟を結ぶに至った功績で、我が家は王家にも強い影響力を得た。……今後は力のない王子など、どうにでもできる、ということだな」

「どうにでも……」

アルヴィスは信じられない、と呆気に取られて呟いた。

エドゥアルドはふん、と鼻を鳴らす。

「王家も、第二王子の暴走には相当手を焼いているらしい。だが現状、公に裁けない。国民が不信感を抱いてはいけないからな。……そこで、ラビナ・ビビットとコンラット殿下が謀反を企てている証拠を入手したいそうだ」

そこまで話したエドゥアルドはちらり、とアルヴィスを見る。

視線を受けたアルヴィスは、頷いてから口を開いた。

「そういうことでしたら。ラビナ・ビビットは、間違いなく黒です。学園で、下位魔法の〝信用〟を乱用し、周囲の人間を味方に付けていたようです。長く一緒にいるコンラット殿下はもうラビナ・ビビットの傀儡も同じでしょう」

淡々と報告するアルヴィスに、エドゥアルドは続きを促す。

「ラビナ・ビビットに、昔から魔法を教えている〝カーネイル〟と言う魔術師がいるようなのですが……すみません、逃げるのが上手く、まだ潜伏場所を突き止められていません」

「カーネイル？」

アルヴィスの言葉に、シリルが反応した。

「ご存じですか、王女殿下？」

アルヴィスはまさかシリルが反応するとは思わず、反射的に問い返す。

シリルは瞳を揺らし、こわごわ呟いた。

「カーネイル、というのは恐らく帝国の筆頭魔術師ですわ。帝国で一番の腕利きで、我が国では危険人物として認識しております」

シリルから語られた言葉に、室内が嫌な静寂に包まれる。

帝国の筆頭魔術師。

そんな人間が、長年この国に潜んでいたというのか。

そこまで考えて、アルヴィスとエヴァンはエドゥアルドに注目した。

個々で判断できる範囲を超えたのだ。

アルヴィスとエヴァンの視線を受けて、エドゥアルドは両手を握りしめた。親指を眉間に当て、深く深く息を吐く。

「帝国か……」

ぼそり、とエドゥアルドが零し、エヴァンに視線を向ける。

「エヴァン。ハフディアーノ家の魔道具の準備はできたか？　できているならすぐにラフラート団長に渡してくれ。ラフラート団長は絶対にこの魔道具を身に付け、片時も外さないように」

一瞬でぴりっとした空気に変わる。

エヴァンは、懐から豪奢な装飾の小箱を取り出し、アルヴィスの前に置いた。

アルヴィスは魔道具が入っているであろう小箱をじっと見つめる。

（確認しなくともわかる……この中の魔道具は、とても貴重な物だ）

緊張で指先が震え、アルヴィスは苦笑した。

箱越しに滲み出ている魔道具の気配と、エヴァンのせいだろう。エヴァンの魔力が魔道具の気配と混じり合い、ハフディアーノ家の魔道具の「強さ」を感じた。

気後れしつつも、アルヴィスが箱を開けると、中から繊細な細工が施された指輪が現れた。

エドゥアルドがアルヴィスに魔道具について説明する。

「チェーンにでも通して、身に付けてくれ。心臓に近い場所にある方が〝それ〟は効力を発揮する。それに、ラフラート団長が突然指輪を付けたりしたら、ラビナ・ビビットをいたずらに刺激するだろう」

「――わかりました、ありがたくお借りいたします」

箱から指輪を取り出す。軽いはずなのにずしり、と重かった。

ふと気付くと、エレフィナが心配そうにアルヴィスを見つめている。

目が合うと、ぱっとエレフィナは視線を逸らしてしまったが、髪の毛から覗く耳が赤くなっていた。アルヴィスはにやけそうになる口元を必死に引き締めた。

この場でだらしない顔を晒してしまっては、後々厄介なことになりそうだ。

そんなことなどエヴァンは察しているだろうが、アルヴィスは姿勢を正し、エドゥアルドに視線を戻す。

エドゥアルドも半眼でアルヴィスを見つめていたのだが、アルヴィスの視線を受け、話を続けた。

「最優先事項はカーネイルの捕縛だ。帝国の筆頭魔術師だとすると、ラフラート団長に一任した方がよさそうだ。私たちが下手に手を出せば相手に気取られる。君も苦しいとは思うが、それでいいか？」

「そうですね……本気でやり合うのであれば、私も他の介入がない方がやりやすいです。それでお願いします」

「わかった。王家にもその旨、伝えておこう。……ひとまず、我が家の犬は通常配置に戻す。ラフラート団長が動けない時は、犬にエレフィナを守らせる」

「よろしくお願いいたします」

アルヴィスが返事をし、話し合いはここまでだ、とエドゥアルドが呟く。

「ラフラート団長はカーネイルの捕縛優先、エレフィナはなるべく自分の身は自分で守るようにしなさい」

「はい、お父様」

「――さて、話は終わりだ。ラフラート団長、夕食は食べていくかな？」

室内の緊張が緩み、エレフィナとシリルはほっと息をついている。

エドゥアルドから夕食の誘いを受けたが、アルヴィスは丁重に断った。

「お誘いはありがたいのですが、申し訳ございません。自宅に戻り、調べたい事がございますので私はここで……」

「そうか、わかった。エレフィナ、ラフラート団長を見送りなさい」

エドゥアルドは頷き、エレフィナに声をかけた。

「かしこまりました。アルヴィス様、お送りいたします」

「ありがとうございます、エレフィナ嬢。――それでは、私はこれで。またお会いいたしましょう、王女殿下」

アルヴィスが胸に手を当て、頭を下げる。

シリルは微笑み、言葉を返した。

「ええ。ラフラート卿、また」

再び頭を下げ退出するアルヴィスと、アルヴィスに付いていくエレフィナを三人は見送る。

二人が去った室内で、シリルはぽつりと零した。

「あの方が、エヴァンがいつも話していたアルヴィスという魔術師なのね。確かに、彼も強大な力を持っているようね」

ほら見て、彼の魔力にあてられて指が震えているわ。と、シリルが苦笑いしながら自分の手を見せる。

「嫌になるわ……あんなに強い力を持つ魔術師を同席させるなら、ちゃんと事前に説明してよ」

恨みの籠《こも》った視線を向けるシリルに、エヴァンは眉を下げ苦笑した。

「そうか……俺たちはアルヴィスの魔力に慣れているから、魔力酔いはしないが……国が違うところまで影響が出るのか」

「これは盲点だったな」

エヴァンとエドゥアルドが初めて気付いたかのように謝罪する。

「ほんっとうに！　貴方たちはフィーちゃんが関わらないと興味がないわよね。まあ、私もフィーちゃん可愛いし大好きだから、気持ちはわかるけれど？」

シリルは両手を握り締め、労わるように指先を揉み込む。

「それにしても、あのアルヴィスという魔術師。フィーちゃんへの恋心がだだ漏れだったわね」

「こうなる予感がしていたから、会わせるのは嫌だったんだ……」

「フィーちゃんもアルヴィスに気持ちがあるみたいだし……なんだか可愛らしい二人よね」

エドゥアルドは眉根を寄せ、不機嫌さを隠しもせず呻いた。

「……もうフィーは嫁にはやらん。この家でずっと暮らせばいいんだ」

するとシリルはいい事を思い付いた、と明るい声で言った。

「あら、それじゃあアルヴィスを婿にもらえばいいじゃない？　国内最強の魔術師に、スロベストの王女である私。ハフディアーノ家に逆らうお馬鹿な貴族なんて二度と現れないんじゃなくて？」

エドゥアルドとエヴァンが顔を見合わせる。

二人の声が「「それだ」」と揃った。

◇◆◇

客間で残った面々が話している内容など露知らず、エレフィナとアルヴィスは玄関に向かっていた。

「いつも悪いな、エレフィナ嬢」

「いいえ。こちらこそ、いつも我が家まで御足労いただいて申し訳ありませんわ」

アルヴィスとエレフィナは歩きながら会話を交わす。

アルヴィスは先ほどからエレフィナが何か言いたそうにちらちらと自分を窺っているのに気付いていたが、あえて触れないでいた。

先ほどの様子と、エドゥアルドの話を聞いて、エレフィナは自分の身を案じてくれているのだろう。

心配してくれるエレフィナの気持ちが嬉しくて、アルヴィスは緩みそうになる頬を必死に引き締めた。

嬉しい、という感情をそのまま出しては不味い気がする。

ここはまだ公爵家の敷地内で、使用人がそこかしこにいるからだ。

緩んだ顔になっても、エレフィナに触れても、エヴァンたちに報告されるだろう。エレフィナを溺愛している家族を敵に回したくはない。

アルヴィスは誤魔化すように咳払いをした。

「まあ、でも……ハフディアーノ公爵家の貴重な魔道具のお陰で、憂いなく動くことができる。エレフィナ嬢の父上には感謝してもしきれない」

「……そんな、当然のことですわ。我が家の諍いに巻き込んでしまって……危険な相手なのですし」

心配そうにそっとこちらを見上げてくるエレフィナに、アルヴィスは話題を間違えたことを悟り、後悔した。

自分がエレフィナを好いていると自覚してから、エレフィナの全てが可愛く映る。

アルヴィスは拳を握り締め、湧き上がる衝動を何とか律した。

「──いや、結局これは国家間の問題に発展した。いずれにせよ、魔術師団に所属している俺は深く関わることになる」

相手も筆頭魔術師だしな、と言った時、タイミングよく玄関に辿り着いた。

使用人に扉を開けてもらい、二人で庭先まで歩いたところで立ち止まる。

「来週からもしかしたら俺と別行動になるかもしれない。非常階段に行けない時はなるべく早めに連絡するし、俺がいなければ昼食を食べていてくれ」

「わかりましたわ。アルヴィス様も、あまり無理をしないよう気を付けてくださいませ」

「ああ。……それと、〝二人目〟の日程がわかり次第、教えてくれ」

アルヴィスの言葉にエレフィナは頷く。

「夜は冷える、早く邸に戻れよ」

「ええ。アルヴィス様も風邪なんてひかないでくださいまし」

ふふん、と鼻を鳴らすエレフィナにアルヴィスは目を細めた。

自然とアルヴィスの口角も上がる。

「体調管理できないお子様と一緒にするなよ。――また、学園で」

「ええ、また」

アルヴィスがエレフィナの耳に下がるイヤリングを指先でなぞり、すぐに手を離す。

そして転移魔法を発動したアルヴィスは、あっという間に姿を消した。

「くすぐったい……」

直接触れられていないのに、むずむずとこそばゆかった。

アルヴィスが発動した転移魔法の魔力が、キラキラと闇夜に光る。

卒業パーティーまであと五ヶ月ほど。

それまでにやることが沢山あるわ、とエレフィナは気持ちを切り替え、踵を返した。

◇◆◇

翌日。

学園が休みの日に、アルヴィスは王都に足を運んでいた。

カーネイルの魔力残滓と似た魔力を探し、王都を歩いて回ることにしたのだ。

「まあ、公爵家の犬の追跡を躱した奴だ。難しいかもしれないが……」

だが、いかに優秀な公爵家の暗部でも、魔法に精通しているわけではない。

微かな魔力でも、アルヴィスなら感知できるかもしれない。

「何年もこの国に潜伏しているのだから……痕跡は綺麗に消しているだろうし、隠匿魔法も幾重にも使用しているはずだけどな……」

そこまでされたら、一日で痕跡を辿ることは不可能だ。

だが、少しでも手掛かりを得たい。

「あー、くそ。探すならこっちに集中できればいいんだが、エレフィナ嬢の守りを誰かに任せるのは癪に障る」

痕跡を追うだけなら、時間さえあればできなくはない。

街中で大規模な抽出魔法を使い、カーネイルの魔力を抽出する。そしてその痕跡を識別させればいいのだ。

だが、それには膨大な時間と、かなりの集中力を要する。

この作業一本に絞れば、ふた月ほどでカーネイルの居場所の特定は可能だが、その間アルヴィスは完全に無防備になってしまう。

魔力も使い果たすことになり、現実的ではない。

御しやすそうなラビナにカーネイルの居場所を吐かせることができればいいのだが。

「なるべく、汚い手は使いたくないな……」

魔術返しの魔法をかけられているラビナには、精神干渉の魔法が効かない。

下手を打てばカーネイルの返り討ちに遭うだろう。

「なにかいい手はないか……」

王都を適当に歩いていたアルヴィスは、人混みの中で見慣れた横顔を見つけ、駆け出した。

あれは、ラビナ・ビビットだ。

アルヴィスは人混みを掻き分け、ラビナの姿を追った。

人々を縫うように駆ける。

アルヴィスに後を追われているとは微塵も思っていないのだろう、ラビナは浮かれた足取りで歩いていく。

わき目も振らず、真っ直ぐ進んで行くラビナには目的地があるようだ。

アルヴィスは口角を上げた。

「これは……もしかしたら、このままあいつのところに案内してくれそうだな」

ラビナの背後にいるカーネイルの手がかりが得られるかもしれない。

アルヴィスはハフディアーノ公爵家から預かった魔道具を、服の上から撫でる。

自身に気配遮断の魔法をかけ、ラビナを追った。

どんどん人気のない方へ行くラビナに、アルヴィスは「気付かれたか？」と一瞬不安になるが、
ラビナの足取りは軽やかなままだ。

尾行を警戒していないのが窺える。

あまりにも無防備すぎるので、アルヴィスは罠の可能性も考えたが、誰も待ち伏せていないし、攻撃されることもない。

ラビナはそのまま貧民街の方向に進み、とある貧しい家屋の前で足を止めた。きょろ、と周囲を申し訳程度に確認した後、ドアノブに手をかけて躊躇いなく中に入った。

「近付くのは危険か？」

アルヴィスは離れた場所から家屋をじっと見つめ、ぽつりと呟く。

家屋からは僅かに魔力を感知できる。

「……あの外観も偽装しているな。家の中も外も幾重にも複雑な魔法がかけられている。これ以上近付いて、俺の存在に気付かれたら意味がない」

アルヴィスは安全な距離を保ったまま、家屋を観察する。

ここからならば相手の魔力と、どんな魔法がかけられているかを探ることは可能だろう。

たとえ相手が自分と同等の魔術師であろうと、アルヴィスは気取らせない自信がある。

アルヴィスは物陰に隠れたまま、感覚を研ぎ澄ませた。

使用されている魔力の波長、術構築からどれほどの腕の持ち主がどんな魔法を使用したのかを探る。

相手も探られないように何重にも察知の罠を仕掛けているが、それに捕まらないよう、アルヴィスは慎重に探知魔法を構築して探っていく。

それに、これだけ距離が離れていれば、万が一気取られても逃げられる。

アルヴィスはラビナの入った家屋を目を細めて見つめ続けた。

◇◆◇

「カーネイルさまっ」

ラビナはアルヴィスに尾行されていることなど気付きもせず、うきうきとした足取りでぼろぼろの家屋に入る。

カーネイルは読書をしていたらしく、眼鏡をかけソファに座っていた。

煩《わずら》わしそうにラビナを見やったカーネイルは、ぎょっとして目を見開いた。

「──ラビナ！　どうして認識阻害の魔法をかけていない？　いつも言ってるだろう、ここに来るなら認識阻害の魔法をかけろ、と！」

「ええ～、そんなに心配しなくても大丈夫ですよ？　今までだって、何度もここに来てるけど、一度もばれたことないじゃないですかぁ」

ラビナの能天気さに、カーネイルは頭が痛くなった。額に手を当て、呆れたように口を開いた。

「俺は言ったよな。少し前から俺の周りを嗅ぎ回る連中がうるさくなってきたから隠れ家を移した、と。ラビナもここには必ず認識阻害をかけてから来い、と言ったはずだ」

カーネイルの冷たい視線と声音に、ラビナはしゅんと肩を落とした。

「……ご、ごめんなさい。けど、誰も付いてきている気配はなかったし、それにカーネイルさまの隠れ家にはたくさん魔法がかけられてるから、大丈夫でしょう？」

「――並大抵のやつならば、な」

実際、カーネイルは公爵家の追跡を逃れるため、新しい隠れ家に認識を阻害する魔法や気配遮断、家に近付く者の気配を察知できる魔法をかけていた。

他にも、何者かがこの家を探ろうとした瞬間、相手を捕らえる魔法も仕掛けている。魔力に反応して拘束し、相手をこの家に引きずり込む罠だ。

弱い魔術師であれば、カーネイルの罠に引っ掛かるだろう。

だが、カーネイルと同等か、それ以上の腕の持ち主にこの家の存在を知られたら終わりだ。

（あの、アルヴィス・ラフラートという魔術師の力は底が知れない）

この国始まって以来の逸材だ、と言われていることくらい、カーネイルだって知っている。優秀な成績で王立学園を卒業し、最年少で魔術師団の副団長に上り詰めた人物だ。

（あの男に探られたら、この家は丸裸にされる）

ラビナの背後に何者かがいることは気取られているのだ。

（ラビナが軽率な行動を取り続けたら、俺の……いや、皆の計画が無に帰す。くそ、ここまで頭が悪い女だったとは……）

幼い頃からラビナを見ているが、頭の出来がこれほど悪いとは、とカーネイルは溜息を吐いた。言われたことを表面的にしか受けとめず、その先のことを深く考えていない。

(だが、そうなるように仕向けたのも、俺か)

計画の進め方に問題があったのか、とカーネイルは痛むこめかみに手を当てた。

ラビナの代わりになるような駒は育てていない。このままラビナを使い、王家の血筋さえ絶てばそれで十分だ。

そう考えていると、ラビナがするり、と腕を絡ませてきた。

カーネイルは舌打ちし、思考を操るため、いつものように乱暴にラビナをソファに組み敷いた。

◇◆◇

アルヴィスは、ふ、と力を抜き自分の魔力を霧散させた。

疲れたように前髪をかきあげ、家屋に視線を向ける。

(魔法を解析し、人物は特定できた)

相手の魔力を特定できたことと、解析できたこと。

大きな収穫を得た、とアルヴィスは笑みを浮かべ、その場を立ち去った。

第七章

ある日、エレフィナの下に〝二人目の退学者〟の処分について記載された手紙が届いた。

公爵邸でシリルと会った日からひと月ほど時間が経って、やっと二人目だ。

大分期間があいていることにエレフィナは首を傾げたが、きっとあずかり知らぬ所で色々調整していたのだろう。

内容を確認したエレフィナは、手紙を机の引き出しにしまう。引き出しに手を添えたまま、きゅっと唇を引き結んだ。


翌日、学園に到着したエレフィナは、教室ではなくアルヴィスの準備室に向かう。

授業がない日も、アルヴィスはほとんどを準備室で過ごしているようで、以前連絡を取りたい場合はここに来てくれと言われていた。

少し前までアルヴィスは忙しそうにしていて、学園で姿を見ない日もあったが、最近は落ち着いたのか、見かけることが多くなっていた。

エレフィナは自分だとわかるように扉をコン、と一度叩いてすぐに開け、素早く入り込む。

「エレフィナ嬢？　珍しいな、朝からここに来るなんて」

「ええ。急ぎ、アルヴィス様にご報告しなければいけないことができました」

「何だ？」

アルヴィスはソファに腰掛けたまま、エレフィナを手招きして隣に座らせる。

エレフィナの硬い表情から、二人目の退学者のことか、とアルヴィスは察した。

「二人目の、退学者。フィリップ・ユスティノフ侯爵子息の処分の日取りが決まりましたわ」

「――わかった」

処分は三日後。

その日に、ラビナ・ビビットに深く関わった愚かな生徒が学園を追われる。

眉根を寄せたエレフィナの頭を優しく撫でた後、アルヴィスは午前の授業が始まるぞ、と声をかけた。

「アルヴィス様。三日後、よろしくお願いいたします」

「ああ、考えすぎるなよ」

アルヴィスに笑いかけられ、エレフィナも微笑み返す。

では、と準備室を出るエレフィナの背中を見つめたアルヴィスは、深くソファに沈み込んだ。

「……スロベストとの同盟は問題なく結ばれた。帝国の侵略に備え、国境の守りもハフディアーノ公爵が解決した……。カーネイルを捕縛する準備も整った。後は罪を吐かせる時間が必要だ」

アルヴィスはあの日から、ラビナが訪れた家屋を見張っていた。

見張りを始めてわかったのだが、休日の夕方になると認識阻害の魔法をかけたラビナがやってくる。

どうやら学園が休みの日に、カーネイルはラビナに魔法を教えていたらしい。

さらに、国を陥れる方法まで教えていたようだ。

「国を盗りたければ一番有効な手段だよな」

カーネイルという男は恐らく、ラビナの豊富な魔力に目を付け幼少期に接触したのだろう。そして対話を重ね、信頼関係を構築し、ゆっくり時間をかけて洗脳した。

自身の優れた容姿を活かし、ラビナを快楽漬けにし、手駒となるよう育てたのだ。

御しやすい第二王子コンラットに近付かせ、邪魔な婚約者――エレフィナを排除し、自分の手駒を王子妃にする。

そして、王太子より早く子を成せば国は混乱する。

派閥間の争いが勃発すればどうしても隙が生まれる。そこを狙い、帝国が戦争を仕掛ける予定だったのだろう。

長い時間をかけ、綿密に計画されている。

これはもはや戦争だ。

知らぬ間に帝国から戦争を仕掛けられていたのだ。だが、実際の戦争に発展する前に全ての企みを潰す。

それが、王家と公爵家の意向だ。

企みを潰すには、カーネイルが鍵となる。カーネイルは定期的に帝国に計画の進み具合を報告しているようだ。

帝国の筆頭魔術師であるカーネイルさえ捕らえれば、この計画は防げる。

……だが。

「隙がないんだよな……」

アルヴィスは腕で顔を覆い、溜息を零す。

以前公爵家の犬に追跡され、警戒心を強めたカーネイルは中々姿を現さない。

あの家屋から離れた場所で捕縛したいのだが、離れようとしないのだ。

自分が学園にいる間は公爵家の犬に監視を頼んでいるが、近寄りすぎて気取られては意味がない。

かなり離れた場所からカーネイルを見張らせているがいささか心配だ。

カーネイルが家を離れたら連絡を寄越すように伝えているが、連絡が来たことはない。

どうしたものか、と今日もアルヴィスは頭を悩ませていた。

◇◆◇

三日後、ひっそりと一人の学園生が学園を去った。

そして、日を置かずに三人目が学園から消えた。

三人もの味方が消えた辺りから、ラビナは体の関係のある学園生が姿を見せないことに気付いた。

ある日の教室で。

ラビナは、姿を消した学園生についてコンラットに尋ねた。

コンラットは退学の情報を得ていたのだろう、気まずそうな表情を浮かべ、ラビナを教室から連れ出した。

ラビナとコンラットの様子を見ていたエレフィナは、すぐさまアルヴィスの準備室へ駆け込んだ。

「アルヴィス様！」

「何事だ⁉」

常にない慌てぶりのエレフィナに驚いたアルヴィスはソファから飛び起きた。

「ラビナさんが、退学になった生徒のことを殿下に尋ねましたわ！」

「動いたか。思ったより遅かったな」

「ええ、どうしますか？　彼女と殿下は、早退するかもしれませんわ」

アルヴィスは頷き、ラビナとコンラットの動きを注視するよう伝える。

二人揃ってカーネイルに会いに行くことはない。

コンラットはカーネイルのことなど知らないだろう。

「恐らく、二人は別々に行動するだろう。ラビナ・ビビットは俺が追う。コンラット殿下の様子はエレフィナ嬢が。……だが、深入りはしなくていい。二人きりになるのは絶対に避けてくれ」

「わかりましたわ」

エレフィナとアルヴィスは頷き合い、エレフィナはコンラットを、アルヴィスはラビナを追うため、一旦別れた。


アルヴィスが自分自身に隠匿魔法と認識阻害の魔法をかけ、ゆっくり足を進めていると、ラビナとコンラットが空き教室から出てくる姿を見つけた。

アルヴィスは素早く姿を隠し、様子を窺う。

二人は一言、二言言葉を交わし、その場で別れた。

ラビナはアルヴィスとは逆方向に歩き出し、コンラットがこちらに歩いてくる。

「――ちっ」

思わず舌打ちして、アルヴィスは階段に移動した。

上の階に向かい、しゃがんで身を潜める。息を殺してコンラットを確認すると、そのまま廊下を真っ直ぐ歩いて行った。

コンラットの後ろ姿を確認したアルヴィスは、急いで階段を駆け下りラビナが向かった方向に駆け出した。

教室内にラビナの姿を捜すが、既に早退したようで姿はない。

(カーネイルの下に向かったか?)

アルヴィスは踵を返すと、カーネイルの隠れ家に先回りするため、学園を出た。

(エレフィナ嬢は――公爵家の犬がついている、彼女は大丈夫だろう)

エレフィナのことがいささか心配ではあるが、彼女には公爵家の護衛がいる。ひとまず心配いらないだろう。

上手くいけば今日、カーネイルを捕らえることができるかもしれない。

アルヴィスは期待を胸に、走る速度を上げた。


カーネイルの隠れ家を見渡せる場所にやってきたアルヴィスは、乱れた呼吸を整えていた。

落ち着いた頃、アルヴィスの視界に慌てた様子のラビナが姿を現した。

よほど焦っていたのだろう、認識阻害の魔法をかけていない。

ラビナが扉の前に立つと、扉が中から開き、ラビナは隠れ家に駆け込んだ。

（珍しいな。普段はラビナ・ビビットを出迎えることなどないのに、今日は待っていた。カーネイルにも焦りが見える。……消えた生徒たちを使い、何かしようとしていたのか？　それとも味方を排除されたことによる焦りか？）

ラビナとカーネイル、二人を同時に捕縛できたらどんなに楽だろうか。

だが、カーネイルを相手にしている間にラビナが攻撃してきたら面倒だ。

アルヴィスは無理をせず、二人が別れた後でカーネイルを捕縛する機会を窺うことにした。

時間はかかるが、それが確実だろう。

（きっとカーネイルは帝国に報告するはずだ。重要な報告をあの家でするとは考えにくい。恐らく外に出るはず）

帝国の人間と接触する可能性もある。

（そうなったら……俺一人で抑えられるか？　いや、抑えるべきだ）

アルヴィスがじっと息を潜め、身を隠してからどれくらい時間が経っただろうか。

隠れ家からようやくラビナが出てくる。

アルヴィスが予想していた通り、カーネイルも出てきて、フードを被った。

これからどこかへ行くようだ。

この機を逃せば、もうカーネイルを捕縛できないかもしれない。

アルヴィスはぐっと拳を握りしめ、微かに湧き上がる高揚感に目を細めた。

二人は会話しながら移動を始めた。同じ場所に向かうことはないはずだ、と考え、アルヴィスは隠れ家の中に設置されているだろう転移魔法の存在を探る。

カーネイルと外で対峙した時、この家屋に逃げられることは避けたい。

家屋内に帝国に繋がる転移魔法があったら、帝国に行ったことがないアルヴィスは、カーネイルを追えない。

カーネイルに隠れ家が探られている、と勘付かれてはならない。アルヴィスは慎重に魔力を練り上げた。

「――やっぱりあったか」

自分の魔力に、カーネイルの魔力が引っかかる。確かな手ごたえを掴み、アルヴィスは閉じていた目を開けた。

さらに隠匿魔法を発動しつつ、転移魔法を〝封印〟する。

魔法の効果そのものを封印してしまえば、隠れ家に転移して逃げることは不可能だ。

安堵の息を吐いたアルヴィスは、ラビナとカーネイルの姿を追った。

王都方面へ戻るラビナと、カーネイルは別れたらしい。

もちろん、アルヴィスはカーネイルの後を追った。

カーネイルは人気のない道を進んでいく。

目的の場所があるらしく、迷いない足取りだが、カーネイルの目的地まで付いていってやる義理はない。

アルヴィスは自分に身体強化の魔法をかけ、強く地面を蹴った。

一瞬でかなりの距離を詰め、近付いていく。接近に気付いてもらうため、アルヴィスはそこであえて隠匿魔法を解いた。

そして立て続けにカーネイルを捕縛する中位魔法の術式を構築し始める。

「――っ！」

急激に近付いてきた大きな魔力の気配に、カーネイルが弾かれたように反応した。

焦った様子で振り向いたカーネイルの表情は、完全に意表を突かれたという焦燥感に満ちている。

「アルヴィス・ラフラート！」

「逃げられると思うなよ！」

カーネイルはこちらの正体を知った瞬間、やられたとばかりにぐしゃり、と顔を歪めた。

アルヴィスから距離を取るため、カーネイルは自分自身に身体強化の魔法をかけようとして、目にもとまらぬ速度で構築式を組み上げる。

身体強化が発動すると同時に、強く地面を蹴って後方へ大きく飛び退いた。

「――くそっ！」

アルヴィスは、敢えて焦った表情と声音を作り、舌打ちした。

アルヴィスの表情を見て、カーネイルは逃げられると思ったのだろう、何の疑いもなく隠れ家への転移魔法を発動した。

勝ち誇ったような、嘲るような笑みを浮かべたカーネイルの周りで、魔力粒子がキラキラと輝く――が、待てど暮らせど転移魔法は発動しない。

「……は？」

驚愕するカーネイルに、アルヴィスはついつい口角が上がった。

今の自分は、きっとエレフィナには見られたくないほど、凶悪面をしている自覚がある。

アルヴィスは笑い声を上げ、拘束魔法を発動した。

転移魔法が発動しないのは当たり前だ。

アルヴィスが先ほど、カーネイルの隠れ家の空間転移の魔法を封印したのだから。

転移などできないのに、アルヴィスはわざと焦って見せた。カーネイルが空間転移魔法を発動するように。

こうなればもう、アルヴィスの独壇場だ。

「――っぐ！」

カーネイルを拘束魔法で縛り、藻掻くカーネイルの魔力を無効化させる魔法をアルヴィスは放った。

下位魔法の無効化、中位魔法の無効化、と続けざまにかけていき、高位魔法のさらに上の、最上位魔法の無効化と封印魔法の発動準備に取り掛かる。

「……畜生！　待て、アルヴィス・ラフラート！」

カーネイルもアルヴィスがどんな魔法を自分にかけようとしているのか気付いたのだろう、真っ青になって声を荒らげるが、アルヴィスの構築式完成の方が早かった。

アルヴィスが魔法を発動したことにより、周囲が眩い明るさに照らされる。

これで、カーネイルが魔法を発動する機会を完全に断った。カーネイルはアルヴィスに対して魔法を放つことも、逃げ出すことももうできない。

体の自由を奪われたカーネイルは、そのまま地面に崩れ落ちた。

拘束したはいいものの、この状態を維持するにはアルヴィスの魔力を大量に消費する。早くカーネイルに魔力封じの手枷を嵌めなければいけない。

立て続けに魔法を使用し、魔力不足を感じるが転移魔法程度ならまだ発動できるだろう。

アルヴィスは疲れたように息をついた後、暴れるカーネイルの首根っこを掴んで転移魔法を発動した。

「――くそっ、畜生が……！」

カーネイルの叫び声が響く中、二人はきらきら光る魔力残滓を残して姿を消した。

◇◆◇

ラビナはここ最近、カーネイルと連絡が取れなくなったことにかなり焦り苛立っている。

学園で自分の手足として使っていた男たちが少しずつ姿を消し、ラビナとコンラットは、自分達を取り巻く環境が変わってきていることに気付いた。

戸惑い、慌て、困惑しているのだ。

「まあ……自業自得ですけれどね」

エレフィナはくすり、と口元に笑みを浮かべ、一口大のサンドイッチを摘む。

もぐもぐと咀嚼して、紅茶で喉を潤す。

そうしていると、隣にいたアルヴィスがエレフィナの肩に寄りかかり、体重をかけてきた。

「ちょ、アルヴィス様、重いですわ！」

「重いなんて酷いな。俺、今回めちゃくちゃ頑張ったのに」

「――うぅ、ありがとうございます……」

確かに、アルヴィスの言う通りだ。

アルヴィスがいなければ、カーネイルの捕縛は難しかっただろう。

エレフィナはほんのり頬を染めながら「色々と動いてくださりありがとうございます」とお礼を述べる。

アルヴィスは満足気に笑って、エレフィナの頭を撫でた。

「ん、どういたしまして」

エレフィナは恥ずかしさに耐えつつ、アルヴィスが味方になってくれてよかった。と、心から思っていた。

あの日。

ラビナの後を追ったアルヴィスは、午後の授業が終わっても姿を見せなかった。どれほど非常階段で待っても帰ってこなかったので、エレフィナは最悪の事態も考えた。

時間が経つにつれて嫌な考えが頭を過り、強く組んだ両手の爪先は真っ白になってしまった。

数時間後、エレフィナはついに邸で待つことに決めた。もし何かあれば、公爵家に連絡が来るはずだ、と。

そして自宅に戻ったエレフィナがエドゥアルドとエヴァンと待っていると、疲れた表情をしたアルヴィスが王弟と共に姿を現したのだ。

アルヴィスがカーネイルの捕縛に成功し、現在王城で余罪を確認している、と王弟が説明した。

カーネイルは魔力封じの手枷を嵌められ、拘束されている。

王城の地下牢から逃げ出すことは不可能で、この男は二度とラビナ・ビビットの手助けできない、と説明されたエレフィナは、ほっとしてソファに深く沈んだ。

カーネイルが捕縛されてほっとしたのか、ラビナがこれ以上悪事を企てることができないことにほっとしたのか、それとも。

アルヴィスが怪我もなく無事戻ってきたことに、安堵したのか――

エレフィナは、つい数日前の出来事を思い出し、自分に寄りかかるアルヴィスにちらりと視線を向けた。

（――普段はこんなに不真面目な方なのに）

卑怯ですわ、と考えているると、アルヴィスが話しかけてきて、びくっと体が跳ねてしまった。

「……何だ？　大丈夫か？」

「え、ええっ。別に何も！　何かございました？」

エレフィナは赤く染まった頬をぱたぱたと手で扇ぐ。

エレフィナの態度に一瞬目を見開いたアルヴィスだが、目を細めて笑みを浮かべると「あともう少しだな」と言った。

「……？　もう少し？」

「いや、だってもうすぐ……ふた月切っているだろ？　卒業パーティー」

「――！　ええ、そうですわね。卒業パーティーの前に、最後の一人が退学になることが確定しましたね」

アルヴィスは違う違う、と首を横に振る。

きょとんとするエレフィナに、アルヴィスは頬杖を付いて呆れたように言った。

「それも大事だが、エレフィナ嬢は卒業パーティーに着ていくドレスはもう決まっているのか？」

「え、ええ。エヴァンお兄様がこの間お父様と張り切ってデザインを考えていましたわ」

アルヴィスは「やっぱりな」と項垂れた。

顔を伏せたまま、エレフィナをちらりと見て、ごにょごにょと言葉を発した。

「卒業パーティーに着ていくドレスは俺に贈らせてくれよ」

その言葉を聞いた瞬間、エレフィナは驚き、ポカンと口を開いたまま固まってしまう。

「え……ドレス……？」

アルヴィスは、男性が未婚の女性にドレスを贈る意味を理解しているのだろうか。

アルヴィスはエレフィナから視線を逸らしたまま立ち上がり、非常階段を足早に上がってしまう。

まだ、昼食の時間は終わっていないのに。

エレフィナは頭の中が真っ白になったままアルヴィスの行動を視線で追う。すると、入口の取手に手をかけたアルヴィスがエレフィナを振り返った。

「――俺以外の男から、ドレスを受け取らないでほしい」

そう言ったアルヴィスは、エレフィナの返事を聞かずに非常階段から出て行ってしまった。

もうすぐ午後の授業が始まる時間だ。戻らなければ。

エレフィナはそう思うが、体が動かない。

先ほど顔を逸らした弾みで、アルヴィスの耳がほんのり色付いているのを見てしまった。

エレフィナは真っ赤に染まった顔を両手で覆い、今にも消え入りそうな声で呟いた。

きっと自分の顔は、アルヴィスの耳に負けないくらい赤いだろう。

「卑怯ですわ……」

卒業パーティーまで、ふた月を切った。

非常階段での昼食の時間も、もうすぐ終わってしまう。

だが、その先もアルヴィスと共に過ごせるかもしれない。

エレフィナは恥ずかしさにうずくまった。

◇◆◇

卒業パーティーまであとひと月、となった頃。

そのドレスはある日突然、届いた。

アルヴィスの髪色と同じ、ダークネイビーの生地で、裾に向かうにつれグラデーションがかかり、裾は黒く染められている。

使われている刺繍やレースはアルヴィスの瞳と同じ金糸で彩られ、胸元は肌が透けないよう、上品なレースが幾重にも重ねられている。

シンプルながら、とても上等な物だ。

「——うわ」

ドレスを見ていたエレフィナの背後で、エヴァンが嫌そうな声を上げた。

「アルヴィスの色で統一されているな……」

気持ち悪い、と呟いているが、エヴァンとエドゥアルドも同じことをしようとしていた。アルヴィスのことを気持ち悪い、とは言えないはずだ。

ドレスと一緒に宝飾品も届いていて、ドレスと合わせても華美過ぎず品良く纏まっている。

アルヴィスのセンスのよさに舌を巻くと同時に、エレフィナはこのドレスの意味を考えて、真っ赤になった。

この国では未婚の男性が、未婚の女性にドレスを贈ることは、求婚を意味している。

そして女性が当日贈られたドレスを纏うことは、求婚を受けた、という意味に取られる。

「こんな、本当に贈ってくださるなんて……」

「……？　フィーはアルヴィスから何も聞いていないのかい？」

それは傑作だな！　とエヴァンがからからと笑っている。

エレフィナはちっとも笑える気分ではなくて、このドレスを着てアルヴィスの前に出る恥ずかしさに悶絶した。


卒業パーティーまでひと月を切って、ラビナとコンラットは目に見えて焦っているようだった。

先日、「最後の一人」とお別れした頃から、明らかに慌てて奔走している。

エレフィナは、いつも通り非常階段でアルヴィスと昼食を食べながら、卒業パーティーでの自分の役割について、アルヴィスに相談していた。

王立学園の卒業パーティーは、国王や学園長である王弟も参列する大きなパーティーだ。

学園生たちの家族もほとんど参列するため、国内ではプレデビュタントのような物として認識されている。

公爵家では、いい機会だからこの日にコンラットとラビナ、カーネイルの罪を皆の前で暴こうと話が纏まった。

王家にもその旨は伝えており、許可も得ている。

たとえ王家が許可をしなくても、エドゥアルドは公爵家の独断でやってしまうつもりだったが。

エヴァンがスロベストの王女と婚約をしたし、アルヴィスがカーネイルを捕縛した裏には公爵家の協力があったことも王家には報告されている。

ハフディアーノ公爵家と対立したら、公爵家は国を捨て、スロベスト王国につくかもしれない。その方が、国としては大損害である。

公爵家を敵に回したくない王家は、コンラットを切り捨てたのだ。

そんなことになっているなど、当人たちはあずかり知らぬことだろう。

アルヴィスはサンドイッチを一口で食べ終えると、可愛いらしい動物のピックをもて遊びながらエレフィナを見つめる。

(まあ……カーネイルは既に捕縛した。あの二人の協力者も、全員排除してある。もう大したことはできないだろう)

アルヴィスは指先でピックをぱちん、と弾いた。空中でくるくる回転したピックは、そのまま光の粒となって霧散した。

第八章

卒業パーティー当日。

エレフィナはアルヴィスに贈られたドレスを身に纏い、パーティー会場に足を踏み入れた。

隣には上機嫌のアルヴィスがいて、エレフィナがドレスを着て姿を現した時、意味深に笑った。

視線を感じたのだろう、アルヴィスが不思議そうな視線を向けてくるが、エレフィナはぷい、と顔を逸らす。

自分でも失礼な態度を取っているとわかっているのだが、当のアルヴィスは上機嫌に笑っている。

フロアにいる学園生は皆、エレフィナの姿を見た途端、気まずそうに視線を逸らした。

恐らく、フロアの最奥に国王と共にエレフィナの父、筆頭公爵のエドゥアルドがいるからだろう。

学園生は今日、改めてエレフィナがどこの家の娘だったのかを思い出し、夢から覚めたような心地だった。

エレフィナの隣を歩くアルヴィスは、王立魔術師団の隊服をかっちりと着込んでいる。

アルヴィス・ラフラートは魔術師団の団長として卒業パーティーに参加している。

会場には重苦しい空気が漂っており、エレフィナやラビナ、コンラット以外の学園生は顔面蒼白で、ただただ俯いていた。

エレフィナは迷いなくフロアの中ほどまで進み、通り過ぎる学園生をちらりと見やる。

(――本当に……やっと気付いたのですわね。まあ、もう遅いのですけれど)

目当ての人物を見つけたエレフィナはつい、と唇を上げて笑みを浮かべる。

そして、その人物に向けて真っ直ぐ足を進めた。


ラビナはパーティー会場に姿を現したアルヴィスに、視線が釘付けになった。

(――え、やだ……! 隊服姿? 何あれ何あれ、すっごく素敵だわ……ああ、やっぱりアルヴィスさまが一番素敵かも)

隣にいるコンラットになど目もくれず、ラビナはうっとりと瞳を蕩けさせた。

(コンラットさまはお顔がいいだけだもの……やっぱり男性は凛々しくて、男らしくないと。大人の男性って素敵だわ)

ラビナは会場の重苦しい空気なぞ気にもとめず、ただ自分の感情に正直だ。

注意深く周りを見渡せば、今までラビナとコンラットに群がっていた学園生がまったく近付こうとしないことにも、国王の隣に公爵家の当主が立っている不自然さにも、気付けただろうに。

コンラットの焦りや憤りにさえ気付かず、呑気に「ダンス一緒に踊れないかな」などと考えている。

カーネイルと連絡が取れなくなって、しばらく経った。

子供の頃から沢山のことを教えてくれたカーネイルが、どうして突然行方を眩ませてしまったのか。

ラビナはそのことも深く考えてはいない。

(でもでも。カーネイルさまはとっても強い人だから、心配する必要なんてないわよね？)

ラビナが唇に自分の指を当て考えていると、コンラットが憎しみを隠そうともせず、低く唸るように呟いた。

「――エレフィナ！　アルヴィス・ラフラート！」

「……え？」

ラビナはコンラットの視線を辿った。

アルヴィスしか視界に入っていなかったが、アルヴィスの隣にはエレフィナの姿があり、堂々と歩いている。その姿にラビナは醜く顔を歪めた。

二人はラビナたちに近付いてくる。ラビナは目尻を吊り上げ、忌々しげに言葉を零した。

「やだ……何であの女がまだアルヴィスさまの近くにいるのっ」

怒りや憎しみがふつふつと湧き上がり、ラビナは無意識の内に中位攻撃魔法の構築式を練り始めた。

早く消えちゃえばいいのに。

あの女がいなければ、コンラットも、カーネイルも、アルヴィスも全員、自分の物になるのに。

そして、行く行くはこの国全てがラビナの物になるのだ。

(だって、カーネイルさまがそうできるよ、って言ってくれたから。ラビナが頑張れば、国で一番

になれる、って言ってくれたもの）

ラビナの両手に、魔力が集中する。

ぱちぱち、と微力な魔力が肌を弾く感覚が心地よくて、ラビナは目を細めた。

（私は、王様にだってなれるって言ってくれたのよ）

王様になった自分に相応しいのは魅力的な相手だけ。

だから、ラビナは魅力的な者を全員手に入れようとした。そして、実際手に入れてきたのだ。

一番魅力的なアルヴィスだけが、エレフィナのせいで手に入らない。

それならば、エレフィナをこの世から消してしまえばいいのだ。

ラビナは悍ましいほど怨念の籠《こも》った視線でエレフィナを見つめ、練り上げた中位攻撃魔法を解き放った。

「――ラビナ？」

コンラットはぎょっとして魔法の行き先を確認し、絶望した。

ラビナの攻撃魔法の標的になったのはエレフィナだった。ラビナの魔法が迫る中、エレフィナは驚きの表情を浮かべている。

アルヴィスは、なぜか動こうとせず静観していた。

卒業パーティーという晴れ舞台で攻撃魔法が放たれ、周囲は悲鳴を上げている。そのざわめきは離れた場所にいるコンラットにまで伝わってきた。

壇上の玉座に腰を下ろしている国王、自分の父親に助けを求めるように顔を向けたが、国王にも、エレフィナの父、ハフディアーノ公爵にも慌てた様子は微塵もない。冷え冷えとした目でラビナとコンラットを見下ろしている。

「——ぁ」

コンラットは、二人の表情を確認し、顔面蒼白になった。

このような場所で、エレフィナを狙ったらどうなることか。

それを考えてぞっとした。

コンラットが絶望したままラビナの魔法を目で追うと、魔法はエレフィナに達しようとした瞬間、音もなく霧散した。

「——え？」

信じられない物を見たとでも言うように、ラビナが呟く。

消えてしまった魔法に驚き、瞳を揺らしている。

ラビナはエレフィナを睨み付け、再度攻撃魔法を放とうと魔力を練り始めた。

「ラ、ラビナ、よせ……！」

コンラットが慌ててラビナを止めようとした時、国王が玉座からゆったり腰を上げ、声を上げた。

「——もう、よい」

国王がそう言った瞬間、アルヴィスがラビナに魔法を放つ。

カーネイルにかけたのと同じ、魔法封じの最上位魔法を発動したのだ。

「……え、えっ？」

ラビナは体中の魔力が消失したような感覚がして、戸惑いながら両手を見下ろしている。

エレフィナは二人のことなど気にもとめず、そのまま足を進めた。

隣には当然のようにアルヴィスがいて、エレフィナを守るようにラビナとコンラットに鋭い視線を送る。

「――余計なことをするな。再びエレフィナ嬢に危害を加えようとするなら、容赦なく床に縫い付けるぞ」

ぞっとするほど冷たく、凍てつくような言葉をアルヴィスから放たれ、これにはさすがにラビナも、コンラットも体を震わせた。

二人はゆるゆる、とエレフィナに視線を向ける。

エレフィナは美しく微笑んでいる。今まで見たことがないほど美しい姿に、ラビナもコンラットもびくり、と硬直した。

今動けば、アルヴィスは容赦なく自分たちを床に縫い付けるだろう。

ラビナとコンラットの背中に嫌な汗が伝った。

すると、国王が壇上からゆったりと降りてきた。

「エレフィナ・ハフディアーノ嬢よ。この卒業パーティーで儂に報告したいことがあるとな？」

厳かな国王の声に、学園生たちが肩を震わせ、エレフィナから視線を逸らす。

エレフィナはぐるり、と視線を巡らせてその様子を確認した後、口元に笑みを浮かべた。

そしてドレスの裾を持ち上げ、片足を斜め後ろの内側に引き、もう片方の膝を曲げて腰を落とし、頭を下げる。

流れるような美しい所作に国王は満足気に目を細め、穏やかな笑い声を上げた。

「恐れながら国王陛下に申し上げます」

エレフィナは微笑み返しながら続けた。

「私、エレフィナ・ハフディアーノは、ラビナ・ビビット伯爵令嬢、そして第二王子コンラット・フォン・イビルシス殿下の罪を告発いたします。彼らの犯した罪を精査いただき、どうか相応の処罰をお願いいいたします」

「……ハフディアーノ公爵家の名にかけて偽りはないか？」

「はい、もちろんでございます」

国王は振り返り、エドゥアルドと肩越しに目を合わせた。

「エドゥアルド・ハフディアーノ。よいな？」

「問題ございません」

国王に問いかけられたエレフィナの父、エドゥアルドも強く頷く。

国王はエレフィナに向き直り「続けよ」と促した。

「まず、ラビナ・ビビット嬢は下位魔法〝信用〟を利用し、数多の人間を傀儡化いたしました。また、第二王子コンラット殿下を唆し、第一王子を廃する企てを立てております。〝信用〟の使用については王立魔術師団団長アルヴィス・ラフラート卿が確認しております」

ざわり、と周囲がどよめく。

学園生はもちろん、生徒の家族たちの顔色が真っ青だ。

エレフィナは周囲をちらりと確認した後、続けた。

「そして、第二王子コンラット殿下は婚約者がいながら、……他の女性と好みを通じておりました。その他にも利己的で理不尽な理由により、婚約を身勝手に破棄し、〝宣言〟を私利私欲で汚しました。また、婦女暴行未遂を二回、起こしております。どちらも、ラフラート卿が証人となってくださいます」

周囲のざわめきがさらに大きくなる。

王族が宣言を軽々しく扱ったことが明かされ、呆気に取られているのだ。

エレフィナの言葉を黙って聞いていたラビナとコンラットは、ぶるぶると震え、顔を真っ赤にしている。

「エレフィナ、貴様っ！」

コンラットが叫び、エレフィナに向かって駆け出した。

だが、アルヴィスが素早く動き、コンラットの足元を払った。バランスを崩し転倒しかけたコンラットの胸倉を掴み、そのまま地面に引き倒す。

「――うぐっ」

「エレフィナ嬢に危害を加えようとしたら、床に縫い付けると言っただろう？」

言葉通り床に縫い付けられたコンラットはじたばたと暴れるが、拘束が緩む気配はない。

そうしている内に、国王が「衛兵」と声をかけた。

バタバタと足音を立てながら衛兵がコンラットに駆け寄ってくる。

コンラットはアルヴィスを取り押さえるのだ、とにやりと口角を上げた。

父は息子を見捨てないだろう、とコンラットは安堵した。助けてくれるのだろう、そう思っていたのだが。

「ララフート団長、代わりに我々が取り押さえます」

「ああ。よろしく頼む」

衛兵が、アルヴィスに代わりコンラットを押さえ付ける。ぎちり、と音がなるほど強く拘束され、コンラットは呻く。

頭の中は混乱でいっぱいだった。

どうして、国王は助けようとしない。どうして、冷たい目で見下ろす。どうして。

コンラットは拘束を解こうとがむしゃらに藻掻くが、衛兵に二人がかりで押さえ付けられ、拘束が解ける気配はない。

「――なぜ！　私がっ！」

コンラットは苦し紛れに叫ぶ。

「何がいけない！　好いた女と婚約することの、何が悪いのだ！」

「まだわからぬのか。愚か者が」

今まで静観していた国王がぴしゃり、とコンラットの言葉を遮る。

コンラットは縋るように国王に視線を向けるが、もう一度「愚か者め」と言われ、ぶるり、と背を震わせた。

「わからぬのも罪。これほどそこな女生徒に毒されているとは……お前は国を滅ぼす片棒を担がされておったのだ」

「——な、何を？」

コンラットはどきり、と心臓が跳ねた。

正妃になりたい、とラビナに請われたことは確かにある。ラビナが望むなら、と考えていたが、それがどうして国を滅ぼすような事態に発展するのか。

意味がわからない、というように目を揺らすコンラットに国王は失望を顕わにした。

「——連れて参れ」

衛兵は「かしこまりました」と頭を下げ、入り口の扉を数度ノックする。

それが合図だったのだろう、扉が開き、姿を現したのは二十代後半といった年頃の、とても容姿の整った男だった。

その男が現れた瞬間、ラビナが悲鳴を上げた。

「カーネイルさまぁ！」

ラビナの悲痛な叫び声が響き渡る。

「いやあっ！　カーネイルさまを離してよ！」

カーネイルの方へ走り出そうとしたラビナを、衛兵が素早く拘束する。

そのまま床に押さえ付けると、ラビナは今までにないほどに取り乱し、口汚く叫んでいる。

突然のラビナの変貌にコンラットは戸惑うばかりで、唖然とラビナを見つめる。その様子を見下ろしていた国王が静かに口を開いた。

「――その男から、お前たちの企てを全て聞いた。これは、精神干渉魔法を使用して自白させた、嘘偽りない事実だ。そこの男、カーネイル・テオラティシは帝国の人間よ。十年前から我が国に入り込み、ラビナ・ビビットに魔法を教え、エレフィィナ嬢からコンラットを奪うよう誘導し、子を作るよう指示をした」

国王がカーネイルに近付き、魔力封じの手錠を力任せに引っ張る。

表情を歪め、地面に倒れ込むカーネイルを冷たく見下ろした国王はさらに言葉を続ける。

「そして、我が国の王太子を亡き者にし、国が混乱する隙を狙って帝国が我が国に攻め込むつもりだったようだ――だが、その目論見はハフディアーノ公爵家と隣国スロベスト王国によって、未然に防ぐことができた。公爵家には感謝してもしきれぬな」

ちらり、とエドゥアルドを見た国王に、エドゥアルドは「恐縮でございます」と頭を下げた。

国王は疲れたように溜息を零し、眉間の皺を指先で揉み込む。伏せていた目を上げ、床に這い蹲る愚かな息子に冷たい視線を送った。

「愚かだとは思っていたが、ここまでとはな」

「ち、父上……！　違うのです！　私は！」

コンラットは尚も追い縋るように悲痛な声を上げるが、国王は黙殺した。

「エレフィナ・ハフディアーノ嬢よ。此度のこと、まことにすまない。また、国を救ってくれたハフディアーノ公爵家とアルヴィス・ラフラートには別途褒美を遣わそう」

エレフィナとエドゥアルド、アルヴィスは揃って頭を下げた。

後方からはラビナの「違う！　そんなつもりじゃなかった、カーネイルさま！」という悲痛な叫び声が聞こえ続けている。

エドゥアルドはその声に煩《わずら》わしそうに眉をひそめると、舌打ちした。

「フィー。もうあそこにいる罪人二人はいいかい？　あの声が不愉快だ」

「そうですわね、お二人の罪は明らかになりましたし……」

エレフィナは振り返り、床に押さえ付けられている二人を見やる。

視線に気付いたラビナはぎりっと奥歯を食いしばり、エレフィナを憎悪の籠《こも》った目で睨み付けた。

「くそっ！　くそっ、何で魔法が発動しないの？　早く発動してよっ！　カーネイルさまを助けてあげられない！　あの女も消したいのに！」

アルヴィスの魔法がラビナの魔力を封じていることに未だ気付かず、ラビナは必死に攻撃魔法を繰り出そうとしている。

そんなラビナの様子をエレフィナは憐れむように見下ろす。

どうしてここまでラビナ・ビビットは自分に執着するようになってしまったのか。

どうしてここまで自分を憎んでいるのだろうか。

じっとラビナを見つめていると、アルヴィスがそっとエレフィナの瞳を手のひらで覆う。いつかと同じように「見るな」と言って視界を遮った。

「視界に入れる価値のない人間だ。負の感情を受け入れる必要も、考えてやる必要もない」

エレフィナは自分の視界を優しく塞ぐアルヴィスの腕に手を添え、「そうですわね」と小さく返事をした。

「さて、その罪人三人を地下牢に繋いでおいてくれ。これから余罪の追及をする。また、学園でその者たちに加担した者も明らかにせよ」

国王の言葉に、固唾を飲んで成り行きを見守っていた学園生たちから悲鳴が上がる。

「――畜生！　離せ！　私はコンラット・フォン・イビルシス！　この国の第二王子だ！　私に触れたお前たちを極刑に処すぞ！」

コンラットはめちゃくちゃに暴れるが、無理矢理引っ張られたようで痛みに顔を歪める。

ふ、とエレフィナに視線を向けると、何の感情も映さない冷たい目で自分を見下ろしている。

膝立ちになったコンラットは、罪から逃れたい一心でエレフィナに縋った。

(――元々は心根が優しい女だ。必死で願えば温情をかけてくれるかもしれない)

そう思い付いたコンラットは、咄嗟に身を投げ出した。

床に自分の額を擦り付け、許しを乞う。

「――わ、悪かったエレフィナ……！　私がお前の忠告を聞かず、邪険に扱い過ぎた。この通りだ、二度とこのような過ちは犯さない！　だから、だからまた私とやり直して欲しい！」

(助かったらまた手酷く捨ててやる！)

コンラットは胸中でほくそ笑みながらエレフィナを見上げる。

「――っ！」

コンラットの醜く、愚かな考えなどすでに読んでいたのだろうか。

エレフィナは、悍ましいものを見るようにコンラットを見つめた。

「あ、ぅあ……エレ、フィナ……」

コンラットは、自分の失言を悟り、どうにか挽回しようとしたが、何も言葉が浮かばない。はくはく、と喘ぐように唇を震わせるのみだった。

エドゥアルドからも、アルヴィスからも、殺気が籠《こも》った視線を向けられて、コンラットの目には瞬く間に涙が溜まっていく。

そこで、冷たく突き放すような、慈悲も情けもないエレフィナの声が響いた。

「……悪かった？　今更……遅いですわ。何を申し上げても聞いて下さらなかったのは殿下です。もう全て終わったことですの」

エレフィナはもうこの場にいたくないと言うように踵を返し、会場の出入口に歩いていく。

エレフィナの後ろ姿に、エドゥアルドが声をかけた。

「フィー、生徒たちは不要か？」

「ええ、必要ございませんわね。お父様もよくおわかりなのでは？」

にこり、と微笑んで返すエレフィナにエドゥアルドも笑顔で「わかった」と返す。

二人のやり取りを見ていた学園生たちは自らの未来を悟り、悲鳴を上げた。

卒業パーティーは最早阿鼻叫喚の地獄絵図と化している。

そんな中、凛と背筋を伸ばし、しっかり前を見据えて歩くエレフィナの後をアルヴィスは早歩きで追いかける。

扉の前で待っていたエレフィナに、アルヴィスは笑いかけ、自然と二人は寄り添う。

コンラットはエレフィナとアルヴィス、二人の背中を見つめていたが、無情にも扉は閉ざされた。

アルヴィスの隣で可愛らしく笑うエレフィナの姿が脳裏には焼き付いて、コンラットはたまらず絶叫を上げた。

◇◆◇

コンラット・フォン・イビルシスはこの国の第二王子として生を受けた。

幼い頃から王子として持て囃《はや》され、周りの大人たちが自分に頭を下げる。

自分に意見できる者は、国王と正妃、第一王子の兄以外いない。十二歳の時に出会った婚約者、公爵令嬢のエレフィナ・ハフディアーノも例に漏れず自分におもねるだろうと思っていた。

だがエレフィナはコンラットにおもねるどころか、王族としての体裁や王族としての自覚がどうこうとコンラットを諫《いさ》めるうるさい女で。

コンラットは、こんな女が自分の婚約者なのか、と辟易した。

そんな二人の仲が改善することはなく、月日は流れ、学園に通うようになって、コンラットは本当に愛する人と出会った。

ラビナ・ビビットはコンラットを認め、慰めてくれる心優しい女性だ。

コンラットの行動を肯定し、応援してくれる。好きでもない女と国のために結婚しなければいけないコンラットを勇気づけてくれる、女神のような女性なのだ。

だから、エレフィナが邪魔で、学園で孤立していく彼女を見ると晴れやかな気持ちになった。

周りの生徒は皆、ラビナとの仲を応援してくれて、エレフィナを排除することに協力してくれた。

そんなある日、肉欲に抗えなかったコンラットは、ラビナの純潔を奪い、心を決めた。

エレフィナとの婚約を破棄し、ラビナと婚約を結び直そうと。

そして、ラビナからお願いされた通りに自分がこの国の一番になって、ラビナにその地位を贈ろうと。

そうすれば、ラビナは喜んでくれる、また自分を肯定してくれる。

ラビナと体を重ねる度にその気持ちはどんどん強くなった。

ラビナに望まれるがまま行動した。そうすればラビナが喜んでくれるから。


けれど、ラビナの体もいいが、エレフィナの体も捨て難い。

エレフィナが長年、王子妃教育を受けてきたのは自分のためだ。

好きな男のために過酷な妃教育に音を上げずにこなしてきたのだろう。

一度も抱きもせず振ってしまって、エレフィナに可哀想なことをした。

ならば仕方ない。望まれたら情けくらいはかけてやろう。

そう考えてエレフィナが縋りついてくるのを待っていたが、一向にそんな様子はなく、仕方ないから自分からエレフィナに接触した。

側妃くらいにはしてやろうと思っていた。

それなのにエレフィナは拒み、あろうことかいけ好かないあの魔術師団の男が邪魔をしてきた。

一度のみならず、二度までも邪魔され、コンラットは魔術師団の男の排除を考えたが、どれほど父親——国王に訴えても首を縦に振らない。

何やら色々と言われたが、何一つ覚えていない。

それほど、頭の中が怒りでいっぱいだった。

自分を拒むエレフィナを許せない。

自分の邪魔をするあの魔術師団の男も許せない。

だから、コンラットはラビナと共にこれからを話し合う際に魔術師団の男の排除を提案した。

邪魔な男をこの学園から排除してしまおう、とラビナと決め、自分たちを応援してくれる生徒たちと卒業パーティーまでに事を起こそうとしていた。

だが、ある日から協力者たちが姿を消し始めたのだ。

一人が消え、行方を追っている最中、二人目が消えた。

何が起きているかわからないまま、コンラットとラビナは協力者たちがいなくなってしまったことに焦った。

彼らの代わりとなる者を選ぶことができず、手をこまねいている内に、卒業パーティーの日を迎えてしまった。


なぜ、自分がこんな目に。

なぜ、エレフィナが自分を蔑んだ目で見下ろしているのか。

なぜ、王族である自分が床に押さえ付けられているのか。

なぜ、エレフィナの隣にあのいけ好かない魔術師団の男がいるのか。

「――畜生！　離せ！　私はコンラット・フォン・イビルシス！　この国の第二王子だ！　私に触れたお前たちを極刑に処すぞ！」

なぜ、誰も自分を助けに来ないのか。

なぜ、ラビナも床に押さえ付けられているのか。

なぜ、ハフディアーノ公爵が父の隣にいるのか――

コンラットは意味を成さない言葉を叫び続けた。

謝罪しても、エレフィナは背を向け、去ってしまった。扉が閉まるまでエレフィナは一度も振り返ることなく、コンラットは最後までエレフィナの背中を見つめ続けた。

最終章

パーティー会場を出たエレフィナとアルヴィスは、歩きながら言葉を交わす。

「エレフィナ嬢はあれでよかったのか？」

「……？　よかった、とは？」

不思議そうに見上げるエレフィナに、アルヴィスは頬を指でかいた。

「いや、あの程度で済ませるなんて、生ぬるいんじゃないかと思ってな」

言いにくそうなアルヴィスに、エレフィナは晴れやかに笑った。

「〝思考する余裕〟が残っている方が、辛いと思いますわ」

にこり、と綺麗に微笑むエレフィナを見て、アルヴィスはひくりと口角を引き攣らせた。

ハフディアーノ公爵家の人間だけは敵に回してはいけない、と胸に刻む。

卒業パーティーから早々に退出したエレフィナとアルヴィスが、カーネイル、ラビナ、コンラットの処遇の詳細を知ったのは数日後のことだった。

◇◆◇

少しして、アルヴィスにエドゥアルドから手紙が届いた。

あの三人と学園生たちの処遇を伝えるので公爵家に来るようにと連絡があり、アルヴィスは魔術師団の仕事が終わった後、公爵邸へ向かった。

到着すると、エレフィナが出迎えてくれた。

学園を卒業してから、久しぶりに二人は顔を合わせた。

二人の間に甘酸っぱい雰囲気が流れる中、ぽつりぽつりと会話をしながら応接室に案内された。

「お父様、アルヴィス様がお見えですわ」

「ああ、入ってくれ」

エレフィナがノックをして、エドゥアルドに声をかける。するとすぐに返事があった。

エレフィナに続き、アルヴィスも中に入った。

「ああ、ラフラート団長。何だか久しぶりな感じがするな」

「ええ、本当に」

アルヴィスが苦笑しつつ、ソファに腰を下ろすと、エレフィナもアルヴィスの隣に落ち着いた。

全員揃った所で、メイドが下がるのを見届けてから、エドゥアルドが口を開いた。

「さて……ここ数日、事後処理に時間がかかっていたが、全て終わったよ」

「お父様、色々ご迷惑をおかけしました……ありがとうございます」

「なに、大事なフィーのことだからね。それに国が相手では公爵家が動かざるを得ない」

エドゥアルドは柔らかな笑みをエレフィナに向け、あれからのことを説明してくれた。


一人目。

帝国の魔術師カーネイル・テオラティシは、ラビナ・ビビットを使いこの国を帝国の属国にしようと企てた罪から、大罪人が収監される地下牢に生涯幽閉されることになった。


二人目。

コンラット・フォン・イビルシスは、王家から廃され、王族が大罪を犯した際などに身柄を軟禁される塔に生涯幽閉されることに決まった。

国民には、重病を患っていると発表するようだ。


三人目。

ラビナ・ビビット伯爵令嬢は、公爵令嬢に対する無礼な振る舞いや、帝国の人間との共謀、適性年齢未満での魔法の使用、人への精神干渉、国を滅ぼす企ての片棒を担いでいたので、重い処罰になる、とエドゥアルドは言葉を濁した。

恐らく今後、ラビナの姿を見ることはないだろう。

その他の学園生たち。

公の処罰はないが、公爵家の働きかけにより、卒業後の魔法に関する機関への就職は絶望的だ。

公爵令嬢を侮辱し、学園に通う意味を学ばなかった二年目、三年目の者たちはろくな仕事に就けず、家族からも冷遇されるだろう。

一年目の生徒たちはまだ軌道修正が可能だ、と判断されたため、頑張りようによっては道が開かれるかもしれない、とのことだ。

全てを説明し終えたエドゥアルドは、ソファに深く体を預けた。

「……わかりましたわ」

エレフィナもふう、と息をつき、隣のアルヴィスに視線を向ける。

アルヴィスも難しい顔をして考え込んでいる。

やはり、気にかかったのはラビナのことだろうか。

だが、エドゥアルドが言葉を濁した以上、もう情報は得られないだろう。

これで、全てが終わったのだ。

エレフィナはやっと落ち着ける、と両手を握り締めた。

怒涛の数ヶ月だった。何度も悪意に負けそうになった。夜、枕を涙で濡らした回数は数え切れない。

だが、それでもこうして学園を卒業できたのは、家族が手を差し伸べてくれたから。

アルヴィスが常に側にいてくれたからだ。

（これで、ひと月後に私がアルヴィス様の魔術師団に入団したら、驚きそうですわね）

エレフィナはひと月後、アルヴィスが団長を務める魔術師団に入団することになった。

そのことを、まだアルヴィスは知らない。

知っているのはエドゥアルドとエヴァンだけだ。

エレフィナはエドゥアルドとエヴァンに視線を向けた。二人は口元に笑みを浮かべてエレフィナとアルヴィスを見つめている。

その視線に気付いたアルヴィスは怖々と口を開いた。

「お二人とも……何ですか……？」

「いいや、別に」

「よかったなぁ、アルヴィス。今後、仕事も楽しくなるだろうな？」

「——は？」

何が何だかわからない、という顔をしているアルヴィスに、エレフィナは楽しげに笑う。

これから先もこうやって家族と、嫁いでくるシリルと、アルヴィスと一緒に笑って過ごせればいい。

エレフィナはふふ、と幸せそうに笑った。

◇
◆
◇

ある晴れた日。

エレフィナは真新しい隊服に袖を通し、背筋を伸ばす。

今日は王立魔術師団の入団式だ。

今年、入団する人数はエレフィナを含めてたったの三人。魔術師団の団長を務めるアルヴィスは、特殊任務に駆り出され今年入団する新人団員の情報を確認できていないらしい。

エヴァンや王弟が面白そうに教えてくれたため、本当なのだろう。

「……と、いうことはアルヴィス様は私が入団することを本当に知らないのですね」

どんな顔をするのかしら、とエレフィナはわくわくしながら軽い足取りで集合場所に向かった。


エレフィナの他に、新人団員は二人。

一人目はエレフィナより十歳ほど年上の男性。別の職に就いていたが、昨年入団試験に合格し、晴れて魔術師団の団員の仲間入りを果たしたそうだ。

二人目はエレフィナの一つ年上の平民の男性。稀《まれ》に膨大な魔力を宿す平民がいるらしい。その男性は多くの魔力を身に宿し、希少な攻撃魔法を扱うことができるのだとか。

ちなみに全てエヴァン調べだ。情報は信頼できる。

新人団員が三人、という数字はとても多いらしい。

エレフィナは団員の皆さんに礼儀正しく挨拶しなくては！　と張り切っていたのだが、アルヴィスがぽかんと口を開けたので、変な空気になってしまった。

「……は？　いや、え？　なんでここにエレフィナ嬢が……、は？」

周りの団員たちの視線が集中する中、エレフィナは笑みを張り付けたまま、想像以上に混乱しているアルヴィスを前に途方に暮れた。

ここまで戸惑われては、挨拶ができない。

「団長、団長……今年の新人です。三名いると事前にお話ししたでしょう」

「いや、三人いるとは聞いていたが……え、本当にエレフィナ嬢か……？」

苦笑いを浮かべた副団長にささやかれたアルヴィスは「本物？」とエレフィナの顔や頭を触っている。

他の二名の挨拶をしたそうな雰囲気を感じ取ったエレフィナは、アルヴィスに尋ねた。

このままでは、他の二人が可哀想だ。

「——ラフラート団長、その、ご挨拶をさせていただいてもよろしいでしょうか？」

「いやいやいや、団長、は距離を感じる。今まで通り名前で呼んでくれよ」

エレフィナに「団長」と呼ばれたのがお気に召さなかったようで、アルヴィスは眉をひそめた。

アルヴィスの言葉を聞いた団員たちがざわめく。

「——！　そっ、ここは職場ですわ、ラフラート団長!!」

真っ赤になって叫ぶエレフィナと、愛しげに目を細めるアルヴィス。

周囲の団員たちは「ああ、なるほど」と二人の関係を察した。

いつまでも挨拶ができない新人団員二人がしょぼくれ、他の団員に励まされている間、エレフィナとアルヴィスは暫く言い合いを続けていた。

その様子を見ていた団員たちに二人は陰でひっそり「嫁」「旦那」とあだ名を付けられたのだが、それを知るのはかなり後のことだった。

この作品に対する皆様のご意見・ご感想をお待ちしております。

おハガキ・お手紙は以下の宛先にお送りください。

【宛先】

〒150-6019 東京都渋谷区恵比寿4-20-3 恵比寿ガーデンプレイスタワー19F
（株）アルファポリス　書籍感想係

メールフォームでのご意見・ご感想は右のＱＲコードから、
あるいは以下のワードで検索をかけてください。

アルファポリス　書籍の感想　検索

ご感想はこちらから

本書は、「アルファポリス」(https://www.alphapolis.co.jp/) に掲載されていたものを、改稿、加筆のうえ、書籍化したものです。

婚約者《こんやくしゃ》を寝《ね》取《と》られた公爵令嬢《こうしゃくれいじょう》は
今更謝《いまさらあやま》っても遅《おそ》い、と背《せ》を向《む》ける

高瀬 船（たかせ ふね）

2024年 12月 5日初版発行

編集－徳井文香・森 順子
編集長－倉持真理
発行者－梶本雄介
発行所－株式会社アルファポリス
〒150-6019 東京都渋谷区恵比寿4-20-3 恵比寿ガーデンプレイスタワー19F
TEL 03-6277-1601（営業） 03-6277-1602（編集）
URL http://www.alphapolis.co.jp/
発売元－株式会社星雲社（共同出版社・流通責任出版社）
〒112-0005 東京都文京区水道1-3-30
TEL 03-3868-3275
装丁・本文イラスト－ざそ
装丁デザイン－AFTERGLOW
（レーベルフォーマットデザイン－ansyy…n）
印刷－中央精版印刷株式会社

価格はカバーに表示されてあります。

落丁乱丁の場合はアルファポリスまでご…ださい。

送料は小社負担でお取り替えします。


ISBN978-4-434-34885-3 C0093